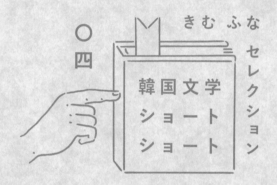

あの夏の修辞法

ハ・ソンナン 著

牧瀬暁子 訳

あの年の夏、陰暦の七月一二日に祖母ちゃんが死んだ。電報が来たとき、母さんは夏ハクサイでキムチを漬けてる最中だった。まったくもう、電報ってのは、こんな時に限って来るんだから、と母さんは真っ赤な薬味だれがべっとりついた両手を突き出した。ヒャッ。唐辛子たっぷりの薬味だれが制服に跳ねるのを恐れて、電報配達の青年は後ずさりした。彼は母さんの身体を眺め回し、手の代わりに電報を挟める隙間がないかとキョロキョロした。母さんは母さんで、どこか挟んでもらえるところがないかと両方の脇の下を右、左、順に上げ下げしてから、こんどは口をちょっと開けてみた。配達の青年が母さんの脇の下の方に電報を突き出したが、母さんはアゴを浮かして口を開けた。アラッ。今度は母さんが脇の下を浮かしたが、青年は母さんの口の方に手をさしのべた。ヒャッ。あたかも二人はテコンドーでも演じているように見えた。そろりそろり。ゆらりゆらり。人の身にはおのおのの使命感というものがあるように、リズム感というものがあるという。後日、誰かからこの話を聞いたとき、わたしはあ

の瞬間を思い浮かべた。あのとき、わたしのリズムはトントンツツツー、トントンツツツー、速い一〇拍子だった。連日三〇度を超すうだるような暑さが猛威をふるっていた、陽暦の日付は忘れたが陰暦の日付だけ覚えている、真夏のある日のことだった。

アッ、いけない。うんと年下の甥くらいの青年だけど、それでも女としては目をそらすくらいのたしなみは持つべきじゃないか、という思いが母さんの胸をかすめたとき、ようやく以心伝心、気持ちが通じた配達の青年は両耳まで赤く顔を染めた。母さんは薬味まみれの手で電報を受け取った。**母親本日早朝死亡**。母さんはこれは困った、というように口をつぼめてから、たったふたことだけ言った。「やぶからぼうに……」。

土用の最中に……」突然の祖母の死に対する衝撃と、臨終を看取れなかった申し訳なさが「やぶからぼうに」に、そして、うだるような猛暑のなかで執り行わねばならぬ葬儀への気がかりが「土用の最中に」という言葉に込められていた。

当時、町内全体で一、二台、目にするかどうかという代物だった購入式電話機、いわゆる「白色電話」の代わりに、賃貸式普及型の黒電話が四、五軒に一台程度は引かれていた頃だった。それでも依然として学期はじめに学校で実施する家庭調査書には、「ピアノ」「冷蔵庫」の項目の次に「電話」がでんと書かれていた頃でもあった。うち

〇〇四

に電話が引かれてから半年近くたっていたが、日に一度も電話のベルが鳴らないことがよくあった。だから本土の果てから、さらに船で三時間もかかる島では、電話というものはまだ大層な代物だった。海上に、おはじきの石みたいに点々と散らばっている島々とソウルを結ぶ唯一の通信手段は郵便だった。急ぎの連絡は電報でやりとりした。「便りのないのが良い便り」という昔のことわざが、従って未だに効力を発揮していた頃でもあった。

京釜（キョンブ）、湖南（ホナム）高速道路の開通によって全国が一日生活圏内に縮まったとはいえ、当時も今もその島はわたしの心象としては、時差のある外国みたいに遠い所だった。島に行って戻って来ると、わたしは二、三日は時差の適応に苦しむ旅行者のように、昼間は寝て夜は明け方まで目が冴えて眠れなかったものだ。

わたしは生前の祖母に四、五回しか会っていない。せいぜい二、三回会ったきりの〈二番目〉、つまりわたしのすぐ下の弟などは、祖母ちゃんの死を知らされても鼻水が出たみたいにくすん、くすんとすすりあげただけで、すぐけろっとして遊びに出かけてしまった。「祖母本日早朝死亡釜山港（プサン）ニテ明日十時ニ会イタシ」新聞紙の隅に母さんの言うとおりに書き取った。指折り数えてみなくとも一〇文字を超えていた。父が

〇〇五

いるD市にも電話機が普及し始めていたが、父はどういうわけか電話を引かなかった。電話は双方向通信機器だ。要するに、うちの電話は無用の長物だった。わたしは父さんと祖父の関係が、また、父さんと母さんの関係が、そっくりわが家の電話みたいだと思った。だから、長いこと、その誰に対してもベルが鳴ることはなかったのだ。

母さんはよく父さんに伝えたい用件を手紙に書いた。手紙を書きかけてむかむか腹が立ってくると手紙をしわくちゃにして捨て、あてつけのように電報を打った。母さんが言いたいことを浴びせるように全部ぶちまけると、それが何文字であろうとわたしはそれを一〇文字に要約した。電報は一〇文字までが基本料金だった。母さんはキムチの薬味まみれの「洋銀のタライ」を音立てて洗い、水道栓に斜めに伏せかけ、弟たちを洗う水を「ステンのバケツ」に溜めてコンロにかけた。灯芯がすり減ったコンロは容易に点火せず、黒っぽい煙ばかりが立った。

電報を打つには送受信機の設置された大きな郵便局まで行かなければならない。バスの座席に座って母さんの言葉を書き取った電文にさっと目を通した。電報を受け取る父さんの立場からすると、「祖母」という呼称からして間違っていた。おかしなことに、母親という者は、子どもを産んだその瞬間から、あらゆる姻戚関係を子どもの

立場から捉え直してしまう。そのあげく、いつからか母さんは自分の夫のことまで「お父ちゃん」と呼び始めた。それには映画も一役買っていた。ヒロイン役の厳鶯蘭という俳優が夫役の男性主人公を送り出しながら「お父ちゃん、バイバーイ、早くお帰りになってね」と鼻を鳴らすのが世間の母親たちのあいだで流行のように広まった。母さんが父さんのことを「お父ちゃん」と呼ぶと、待ってましたとばかり、父さんは母さんのことを、「ハンナの母さんや」ではなくてただ、「ハンナや」とわたしの名前で呼び始めた。

父の祖母はどんなひとだったろうか。父が生まれるはるか以前に、その祖父母はこの世の人ではなかった。父にとっては「祖母ちゃん」といっても思い浮かぶものは何もなかった。「欠けてるっていうなら、欠けてるんだろうな」いつだったか父さんが言った。母さんが横から口出しした。「痛手っていえば痛手だし」母さんは、早くにその父を亡くした。「父さん」といっても思い浮かぶものが何もなかったのだな。二〇点配点の記述式問題さ」母さんが膝を打った。「ああ、あれって頭に来るわよね、ホント」そう言いかけて母さんはフン、と笑った。「その問題の答えさえ書け

れば一〇〇点満点だったとでも？」母さんと父さんの関係は、きっかり一〇分が勝負だった。一〇分までは互いに気が合った。母さんの言葉どおり、最後の一問の答えさえ書けていたら、つまり祖母の記憶があったなら、父さんの人生は一〇〇点満点だったろうか。三〇代半ばに教職を辞めたあと、父は手がけた事業のことごとくがうまくいかず、散々だった。

　そういう面から見ると、わたしの祖母ちゃんは四、五回しか会えなかったものの、そのつど強烈な印象を残してくれた。数枚の残像のなかで、もっとも強烈なのは、やはりその姿だ。

　田舎の便所というのはお粗末なことこのうえない。大人の屍体でも入りそうな巨大な甕を地面に埋め、その上に板きれ二本が渡してある。出入り口とて、何もない開けっぴろげで、掛け金のついた扉などあるはずもなかった。祖母は、入っているしるしに咳ばらいひとつするでもなく、その板きれの上にじっと跨っていた。

　二本の板きれの上で、バランスをとって曲げている青銅色の二本の脚が逆三角形の祖母の顔を支えていた。まるで博物館で見た櫛目文土器とその添え木のようだった。やはり咳ばらいもせずいきなり現れたわたしを見ても、祖母は待っていたかのようにびくりともしなかった。わたしは祖母の両脚が作り出す鋭角の奥に、黒くてだらんと伸

びた、まばらな毛がいくらも残っていない、祖母の「あそこ」をまともに見てしまった。祖母は、驚いているわたしの視線をたどり、自分のソレを他人のソレを覗くように仔細に観察したかと思うと、クスクス笑った。「おめえのお父とうも叔母ッコどもも、みーんなこの穴ッコから引っ張り出したんだァ」そののち、わたしは、「祖母ちゃん」というと、ののしり合いながら隣家の女と髪の根元を摑んだまま埃立つ道の上を転げ回っていた姿や、生きのいいサカナをもらうために「ゴムタライ」を持ってせっせと魚市場めざして走っていた姿は全部そっちのけで、いの一番に祖母の「あそこ」が頭に浮かんだ。祖母の「あそこ」から、父と叔母たちがうどんの束よろしく引っ張り出されていた。

郵便局は、バス停の向かい側の大通り、歩道と歩道がぶつかる角に斜めに建っていた。少し前にその前を通りかかり、あの建物を見つけて声をあげた。その場所に依然として郵便局のまま残っていたが、その建物が一番大きかったのに、今は高層ビルに囲まれて一番小さな建物になりさがったということだけだった。その建物の前に架かっていた陸橋は——陸橋は消え去って無かった。郵便局にたどりつけないように、ホント、陸橋がなくなっちゃえばいいの

〇〇九

にと思ったときもあった。どんな電文かによって、陸橋は長くも短くも感じられた。わたしは陸橋を渡って行き、母さんのややこしい胸の内を一〇文字に要約して電報を打ったものだ。

郵便局の電報・電信為替窓口の女子職員は、わたしが郵便局の扉をあけて中に踏み込んだ瞬間、たちどころにわたしを認めた。わたしは左の頬に女子職員の視線を感じながら、小包に紐をかけたり切手を貼ったりしている人々のあいだに混じって電報の文言を直した。まず、「祖母」は「母親」に代え、さらに「母」に直した。最大限、縮めるか減らせる語は減らさなくちゃ。「本日早朝」も消した。祖母がいつ亡くなったかは、明日、釜山港で会えばわかることだった。半年近く会ってない母さんと父さんが口をきくきっかけになる話題も残しておいてあげなくちゃ。要領得ずの事柄にも、要領があった。切って切って切り詰めると、ぴったり、母死ス釜山港アス十時、という電文が枝を剪定した庭木のようにすっきり立ちあがった。

郵便局の女子職員がわたしを覚えていたのにはそれなりの理由があった。数え歳で一一歳の女の子が一人でやって来て、「子ラ危篤至急上京サレヨ」という電報を打ってくれと言ったのだから、それとなくわたしの顔をチラッと盗み見たに違いない。し

かも一一文字を一〇文字の料金にしてくれないかとねばるのだから、目、鼻、口までいちいち確かめたことだろう。シンマイ女子職員は好奇心を抑えきれなかった。「子どもたちがみんな危篤みたいだけど、あんたはいったい誰なの?」できることならその女子職員の目の前で頭を打ちつけて、ひと思いに死んでしまいたかった。女子職員は、どんな事情なのか聞かなくたってちゃんとわかるわ、というように二、三度深くうなずくと、助け船を出すように、「サレヨ」を「セヨ」に直して一〇文字にしてくれた。窓口の前に立っていると奥の部屋が見通せた。頭髪が耳の付け根まで禿げた中年男が坐って、あれこれ装置をいじくりながら電報を受けたり打ったりしていた。男は女子職員の渡す紙片を受け取り、指で打電した。内容とは異なる軽やかで敏捷な子音と母音たちがバラバラに飛んでいき、D市の郵便局受信部を基準点に再び集まり、「もとい、集合!」となるサマが脳裡に描かれた。

　子ラ危篤、という電報にもかかわらず、父さんは上京しなかった。代わりに、いち早くほころびた桜の花びらが庭一面に乱れて舞っています、で始まる長文の手紙を送ってきた。手紙を読んだとき、母さんは照れていた。それで、甘い文句のあいだに隠された、余裕があったら金を少々送ってくれという頼みにも腹を立てなかった。月

が満ちては欠けるように母さんの神経も満ちては欠け、をくりかえした。毎回、通じないことを知りながらも電報を打ちまくる母さんを見ていると、いつか見たカマキリが思い浮かんだ。なぜか道の真ん中に出てきて立ち止まったカマキリを自転車の車輪が轢いて走り去った。カマキリは腹の下側がぺしゃんこになった。どうにかこうにかやっと起き上がったカマキリは、無事だった今しがたの姿に戻るために鎌の形をした前足を持ち上げようと必死にあがいた。また、誰かが踏んづけていった。今度はまったく起き上がれずに地面にべたっと貼り付けられた。貼り付けられて少しずつ死にかけながらも、カマキリは立っていたときのように前足を鎌のようにかかげようとして、見えるか見えないか微かに動いた。そのポーズだけが真に自分をカマキリたらしめるとでもいうように。母さんはあきらめるくらいだったらもう一度、と想いが伝わるとも思えない電報を打った。

　いつの頃からか電報窓口の女子職員とわたしのあいだには、口にしなくても通じるものができた。やたらに消しては書き、格闘した文字だらけの用紙を窓口に差し出した。電報の文句に目を走らせた女子職員の目尻がさっと釣り上がった。用紙が窓口の外にまた押し出された。わたしは間違えた答案を返されて誤りを直す気持ちで、一文

〇一二

字一文字きちんと書いた。その姿に、女子職員はヨシ、というふうに口を結んだ。電文を受け取った中年男はD市に向けて打電した。一生懸命符号を送っている彼の横顔が、捨象すべき語を切り詰めすぎて九文字になってしまった電文のように、ちょっぴり貧相に見えた。**母死ス、釜山港アス十時**。わたしはさっきから女子職員の目尻にぶら下がっていた疑問符に対する解答を、そのときになってやっと提出することができた。**腹ノ内見セタイケレド**。「ホントなんです。なのに、なんでウソだとでも？」

「そのとおりなんです」ホントに？ 職員が目尻を釣り上げた。

夢一つ見ない短い眠りから不意に目覚めて見まわすと、依然として夜だった。照度を落とした客車はうす暗かった。全員正体もなく眠りこけているのか、椅子の背もたれの上に覗いている後頭部はいくつもなかった。背中が凝るたびに、姿勢を改めるという才覚もなしに〈二番目〉の弟は顔だけしかめていた。ふり向くと通路の向こうの座席に座った母さんの顔が目にとまった。母さんは眠りながらも険しい顔をしていた。父さんの夢を見ているに違いない。規則正しい汽車のリズムのせいか、いつも夜中に目覚めて大泣きした末っ子が一度も目を覚まさなかった。

終着駅の釜山に降り立ったときには、いっこうに明けそうになかった朝がしらじら明けていた。自分の背丈ほどもあるホウキを持った掃除夫が寝ぼけまなこでプラットホームのゴミを集めていた。ろくに眠れなかった夜汽車での一夜で、後頭部がぺしゃんこにつぶれたり、目が腫れ上がった人々がどっと出口に殺到した。何に凝ったのか左の肩胛骨が痛かった。母さんはしきりにむずかる末っ子をおぶい、歩幅の狭い〈二番目〉は先に歩かせ、軽いけどかさばるカバンはわたしに持たせたまま釜山港に向かった。父さんを待つあいだ旅客船の改札口前の豚汁雑炊の店で腹ごしらえした。〈二番目〉とわたしがどんぶり一つに頭をぶつけあうようにして、食べるよりもふざけるのに熱中しているとき、母さんは雑炊の汁をすくって末っ子の口に入れてやるだけで、自分はひと匙も口にしなかった。
　旅客船のターミナルは人の群でごった返していた。母親にはぐれておびえた子があたりをきょろきょろ見まわしながら泣いていた。物売りたちが人のあいだをかきわけて歩きながら売り声を張りあげた。聞きとれない方言が飛び交った。ひょっとすると父さんがわたしたちに気づかないかもしれないと、わたしたちは改札口のすぐ前に立ったまま、照りつける陽を頭から浴びていた。七歳の〈二番目〉は父さんに似た

〇一四

男の後ろ姿を見かけると、「父ちゃんだ！」と叫んだ。最初の何回かは〈二番目〉の声にあの人かこの人か、とあとを追ったけど、しまいには見向きもしなくなった。一〇時になると、色とりどりの服を着た避暑客たちと、麻布の朝鮮服を着た田舎の女や老人たちを乗せた旅客船が港を発った。カモメの群がいっせいに舞い上がり船べりに追いすがった。母さんは急きたてるように問い糾した。「一〇時、たしかに一〇時って打ったのかい？」父さんは今度の電報もまた、前の無数の電報のように母さんのこけおどしだと思ってやり過ごしたようだ。母さんはわたしの返事は待つでもなく、チェッとひとり笑った。「チェッ、ふざけるんじゃないよ。自分の子、三人もこの腹から産ませといて、わたしのことなど知らんって？ ひとの生命をおもちゃにしくさって？」フザケルナ知ランプリ、口ではそう言ったけど、当の母さんこそ、年に二、三度はわたしたち子どもの命を死なせたり生き返らせたりする張本人だった。

母さんは、また、末っ子をおぶった。〈二番目〉を先に歩かせ、遅れがちなわたしに声をあげていら立ちをむき出しにしながらバスターミナルまで行き、D市行きのバスに乗った。正午になると陽はバスの天井の上に昇り、バスを洋銀の鍋みたいに熱していた。窓はみな開いていたが、風はそよとも吹かなかった。木の葉は静物画のよう

〇一五

に微動だにしなかった。座席のビニールシートが真っ先に熱くなった。シートに触れている皮膚に、たちまち汗がにじんで流れた。せっかくお湯をわかして洗ってやったかいもなく、弟たちは垢じみた汗をぼたぼた垂らした。ターミナルで買い与えた桃ジュースが顔にべたつき、バスの中に飛んで来たハエがしきりにたかった。そのたびに母さんは口をぎゅっとつぐんでハエを追い払った。バスの後部座席に一列に並んで坐ったわれわれは、首にスプリングをつけた人形のようにバスのリズムに合わせて頭をこっくりこっくりさせながらD市に向かっていた。苦労してやってきた道を、また一時間半ほど引き返しているわけだった。背もたれの上にのぞいている各人各様の後頭部もかくんかくんと揺れていた。母さんは末っ子を抱いてうとうとしていたが、それでもバスが石を踏んで弾んだり、突然の急停車で首がガクンとなると必ず目をあけ、初めて見るもののように窓の外の景色をまじまじと見たりした。昨夜、はたいた白粉(おしろい)は、汗の流れたあとがだんだらに溝になっていた。その溝の奥に、染みが浮いた素肌が見えた。

幅の狭い川がD市を二分して流れていた。自動車生産工場のユニホームを着た数十人の職員たちが一団となって自転車のベルを鳴らしながら橋を渡っていった。塀が高

〇一六

くて、家の中がのぞき込めない高級住宅街を過ぎた。真夏でも銭湯に行ってきたのか、シャンプーや石鹸などの入ったプラスチックのカゴを下げた娘が二人、サンダルをぞろぞろ引き摺りながら通り過ぎた。カゴからしたたる水が点々とそのあとをつけていた。干上がった川を渡った。道行く人に住所を見せた。われわれが通り過ぎた道に父さんの家があった。

　パリ洋装店。ほかの部分よりも突き出したショーウィンドーの中には、顔と手足が省略された上半身のマネキンが全裸状態で置かれていた。広くはない店舗は引っ越ししたまま片づけていなかったのか、糸巻きと布切れが転がっていた。店の奥の方、椅子に坐っている人はたしかに父さんだった。父さんはコンロでジャガイモをふかしていた。会わなかった半年のあいだに父さんは痩せ細り、両目がくぼんでいた。なぜ空っぽの洋装店に居座り、この時間にジャガイモなんか蒸しているのか、父さん自身、自分でもわからないようだった。店のどこからも、庭一面に乱れ舞っているという桜の木は見えなかった。店の前は塀にさえぎられ展望も良くなかった。新品らしい洋銀の鍋は底だけが黒くすすけていた。ふたをカタカタさせて湯気が上がった。父さんは注意深くそっとふたを開け、カネの箸の先でイモを刺してみた。ミシンを取りはずしたような

穴があいたテーブルの上に、白砂糖が山盛りになった小皿が置かれていた。

戸の音がすると、父さんは戸の方は見向きもせずに、上の空で言った。「パリ洋装店は、営業してません」パリ洋装店営業オワリ。白く粉を吹いた「夏至採りのジャガイモ」を一つ、今まさにカネの箸で持ち上げんとする父さんの目に満足感があふれた。イモの先にさっと砂糖をまぶそうとした瞬間、父さんの目が、店に足を踏み入れた母さんの目と正面衝突した。父さんはカネの箸で火傷したみたいに、ピョンと跳びあがらんばかりに驚いて、ジャガイモを取り落とした。母さんの顔がゆがんだ。子ども三人ひき連れて釜山に、そしてまたD市へと続く旅程は手に余り、母さんは何度も下唇をぐっと嚙んだ。母さんが父さんに向かってダダッと駆けよりながら叫んだ。「お父ちゃん、気はたしかなの？ なんで今、この時間に、ここにいるのよ？」アンタ正気ト思エナイ。そのときやっと状況を把握した父さんが腰を浮かした。「やぶからぼうに、どうしたんだ？」父さんが取り落とした新ジャガが母さんの履き物に踏みつぶされた。父さんは放心したようにつぶやいた。「こりゃ、どうしたんだ。なして、より によって、おっかあが、なして」母さんは父さんにたたみかけた。「お父ちゃん、ほんとに、どうしてなの？ あたしが何をしたっていうの？ お父ちゃんと結婚して子

〇一八

ども三人産んだ罪しかないのに。なのに、あたしになんで、こんな仕打ちを?」三人産ンダ罪シカ無シ。突然、母さんの背中から降りてあたりをきょろきょろ見まわしていた末っ子がワアワア泣きだした。母さんは床にべったり座り込んだ。一日中耐え忍んできた猛暑と渇きと疲労感がいちどきに押し寄せた。母さんの足に蹴とばされたコンロがかしいだかと思うと洋銀の鍋がひっくり返った。ジャガイモがごろんごろん転がって店のあちこちに散らばった。父さんは呆然と、このすべての状況を夢でも見るように見下ろすばかりだった。父さんが望んでいた暮らしとは、乳白色の新ジャガをゆでるときの静けさだったのかもしれない。イモのえぐ味とまざった白砂糖を味わう、つかの間の甘味だったのかもしれない。泥だらけになって踏みつぶされたジャガイモがいくつも目についた。平和は潰えた。母さんは駄々っ子のように地団駄踏みながら泣いた。「返してよ、返して、全部、返してってば」モウ沢山ダヤメテクレ。父さんは、駄々をこねる子どもに対してわざとそっけないふりをする父親のように、見て見ぬふりをして母さんから顔をそむけた。

母さんは一度として、実の父親の前であんなふうに泣いたことはなかった。父親が残したという遺品を抱いてもみたし、匂いをかいでもみたが、父親の顔の代わりに逆

〇一九

三角形の図形が脳裡に描かれるだけだった。実家の母親に会うと、母さんはいつも父親について尋ねた。母さんの父は軍人だった。「幼いなりに何かわかるのか、泣いても父さんを見ればぴたっと泣くのを止めたもんだよ」「帽子をかぶると反りかえって泣くので、あんたの父さんはあんたの前では帽子を取ったっけ。誰の前でも取らなかった帽子をね」母さんはオンオン泣いた。何がなんでもわたしら子どもたちには父親の記憶を残してやるんだとでもいうように、母さんは赤ん坊みたいに足をジタバタさせた。
　店には二坪ほどの部屋がついており、部屋はそのまた半分ほどの台所につながっていた。台所の戸をあけるとすぐ家主の家の庭に通じていた。かまどには新ジャガの箱がぽつんと載っているだけで、米やその他の調味料は見当たらなかった。練炭を焚かない焚き口には父さんが飲んだらしい焼酎の空き瓶が逆さに突っ込まれていて、水晶の結晶さながらニョキニョキ突き出ていた。母さんの言葉を借りれば、「ケツの穴」ほどの台所だった。夏になってずっとジャガイモばかりふかして食べていたのか、箱のなかのイモはもう底を見せていた。末っ子は、父さんが手をたたいて名前を呼ぶたび、ワッと泣きだし母さんの背中にしがみついた。母さんが、お尻を向きなおすこと

もできない狭い台所で末っ子をおぶって早い夕食を準備するあいだ、わたしたちは他人行儀に店の方で父さんと坐っていた。父さんがわたしたちに不馴れなのは、こっちも同じだった。長い休みが終わって新学期の初日に顔を合わせた担任の先生のようだった。

父さんは夜九時になると店の戸締まりをした。トタン板の鎧戸を番号順にはめると、出入り口側の最後のトタン板には体をかがめてようやく出入りできるくぐり戸ができた。「お父ちゃん、あっち行ってもいいですか？」アッチ行キタイ退屈ダ。〈二番目〉が先生に質問するみたいに父さんに尋ねた。父さんがこっくりうなずいた。すると、やっとわたしたちはさっきから興味津々だったくぐり戸を出たり入ったりしながらはしゃいだ。トタン板に書かれた数字は、どれも一様にペンキがツッーと垂れたまま乾いていた。トタン板の三の次はすぐ五になっていた。死の字と同音なのでわざと四の字を抜かしたようだ。死んだ祖母を思った。きのうまでは生きていた祖母ちゃん。祖母ちゃんも四の字というと毛嫌いした。船乗りの女房にはタブーがとても多かった。言ってはならないことを口にすると、祖母ちゃんは地面にツバを三度吐いた。今はもう、しゃべることも、食べることも、なにより、誰彼なしに罵りを浴びせ、「よおし、

〇二一

「一丁やるか」と食ってかかることもできない。死んだ祖母ちゃん。すると、一緒に死んだはずの祖母の「あそこ」が浮かんだ。

埠頭に沿って大小の船が繋がれていた。船は繋がれていても波につれて揺れていた。船着き場では「灰貝のぬた」の腐ったような臭いがした。「ぬた」に食あたりしたことのある〈二番目〉は、船に乗ってもいないずっと前から顔が土気色になって、母さんの背にもたれていた。埠頭にはありとあらゆる浮遊物がぷかぷか浮いていた。海の水は吃水線を越えんばかりに近づいてきた。避暑客たちが船室を占領していた。色とりどりの服を着た避暑客たちのあいだに、しばし本土に用足しに来た島民たちが横になって寝ようとしていた。海風と陽射しに焼かれた皮膚が油に漬けた障子紙みたいだった。避暑客たちの荷物がポンポン足蹴にされていた。大学生らしき若者たちは甲板の上でギターを弾きながら歌をうたった。古ぼけた旅客船からは質の悪い重油の臭いがした。船着き場を出た船は防波堤の先端に停泊していた遠洋漁船の下を通りすぎた。コンテナが積まれた港を抜けると、遠くにぎっしりと建物の建て込んだ釜山が見えた。顔が蒼白になった〈二番目〉は、船に乗った瞬間から食べた物をちょびちょび

〇二二

戻していた。あちこちにふたを取った粉ミルクの空き缶が置いてあった。〈二番目〉が吐きそうな気配を見せると、母さんはアゴの下に粉ミルクの缶をあてがった。床のビニール敷きはべたべたして皮膚がくっついた。甲板の方に、油の染みた障子紙色の顔をした田舎の女たちが船の金属の手すりにつかまって一列に立っていた。腰が前に折れるたび口から吹きだされた吐瀉物（としゃぶつ）が海に落ちた。わたしは甲板にごろんと寝そべった。照りつける太陽が足もとの上方にあった。雲のかたまりがゆっくりと一方向に動いた。くらくらした。だしぬけにガリレオが頭に浮かんだ。「されど地球は回る」八文字だった。サレド地球ハ回ルヨ。サレド地球ハ回ルノダ。わたしは飴を伸ばすように文章を一〇文字に伸ばしながら階段を降り、船尾の方に近づいて行った。船にもリズムがあった。似たような麻の朝鮮服を着た田舎の女たちは、誰が誰だか見分けがつかなかった。一人が船室に降りると別の人がその場を占めるようだった。後ろ姿だけ見ていると、みんなはそっくり同じ朝鮮服をあつらえて着こんだママさん合唱団のように見えた。ママさん合唱団が順に腰をかがめた。わたしは熱く灼けた鉄の欄干を握りしめた。ゲエッと胃から熱いものがこみ上げた。船に乗る前に、溶け出しそ

〇二三

四年ぶりの帰郷。父さんは四年まえの夏に家族全員を引き連れて島に帰った。避暑を口実にしたが、じつは祖父を説き伏せて家産を整理する腹づもりだった。いっときは四、五艘の船があったそうだが、わたしが生まれた時は小さなポンポン船一艘がすべてだった。祖母がトウモロコシやトウガラシを植えて自家用にしている、山のふもとの畑の幾枚かなどは眼中にもなかった。父さんは海水浴場のとば口にあった祖父の家に目をつけた。一日生活圏として交通至便になれば、ソウルからも避暑客が押し寄せるだろうという考えからだった。海に散らばった秘境の島々は、夏以外の季節にも観光商品になりそうだった。祖父は話を切り出すまえにカッとなった。わたしが生まれた時分、最初にして最後のソウル行きをした祖母は父についてソウルに行きたかった。祖母が、わしがうまくやるからあんたは黙ってな、と目配せをした。結局祖父と祖母の喧嘩になってしまった。ぎゃあぎゃあ食ってかかる祖母の髪の毛を、祖父は網を巻き上げるように操った。網が引き揚げられるように、祖母の体が祖父の手に引き揚げられた。その晩、船もとだえ、通行禁止令まで下された真っ暗な夜、父さんはわたしたちを連れて祖父の家を出た。

〇二四

わずか四年のあいだに多くが変わった。観光客の数は毎年増えていった。海岸べりに沿った道でなかったら、家に帰る道すらわからなくなるところだった。飲み屋と喫茶店、旅館、飲食店が海水浴場から続く路地に沿ってずらりと並び建った。船が戻ると、村の女衆が「ゴムタライ」を持って船を出迎えに出てきた道が、いつのまにか遊興地に変わっていた。船乗りたちのうち半分が船を降りた。骨の折れる船乗り稼業の代わりに一シーズンがっぽり稼いで一年を過ごす商売に鞍替えした。狭い道は避暑客たちと客寄せの商人たちでごったがえし、足の踏み場もないほどだった。誰かが父さんに近づいてきて声をかけた。「あれ？　ヒョンオギでねえの？」父さんは狭い道にわたしたちを立たせたまま、あわてて小学校時代の同窓生と握手を交わした。「いやー、とんでもねえこった。おめえが来ねえで出棺もできねえでよ……」同窓生が店のなかに向かって声をあげた。「さっさと、こっちさ来てみろ」店の外にちょこちょこと、ずんぐりむっくりの女が飛び出してきた。「オレが言ったろ？　イ・ヒョンオギがよ、ソウルで先生してるって」女が、ああ、とうれしそうにうなずいた。ずっと昔に父さんが教職を辞めたことを同窓生は知らないようだった。路地に沿って坂道を上がって行くあいだに、何人もの人が父を認め、あわて

〇二五

て握手を交わした。

網が広げられた石垣に唐鈎葛(トウカギカズラ)の蔓が垂れ下がっていた。狭い中庭は村人でごった返していた。黒く日焼けして頬骨がつき出た顔と貧弱な背丈のせいで人々は同じ一族のように見えた。人々は口げんかでもするように、声高にしゃべりたてた。台所か便所の方から、けたたましい笑いながら今にも祖母が飛び出してきそうだった。縁側の下に祖母のものらしいサンダルがひっくり返っていた。やかましく騒ぎたてる一団の中からキツツキのようにけたたましい声が飛び出してきて、父の腕にすがりついた。「兄ちゃん! なして、今ごろ来たのサ!」「義姉(ねえ)さんよ、遠路はるばるご苦労なこったネ」「兄ちゃん、母ちゃんが死んじまったよう!」遠路ハルバルゴ苦労ネ。父はかろうじて重心を取り戻して、叔母たちを引き離した。——わかった、わかった。父さんに会ってから」暗い部屋の隅にひっこんで、肴もなしに焼酎だけをあおっていた祖父は、父を見るなりカッと怒りだした。出棺の日取りひとつまともに守れなかった息子のことを快く思えるはずはなかった。祖父は父を見るたび、死んだ二人の息子を思った。逃した魚は大きく見えるものだ。出棺に際して柩を担ぎに来たのに足止めをくらった男たちはすでにかなり酔っていた。一番上の叔母があたり

〇二六

を見まわしたかと思うと、父さんの耳にひそひそ話をした。ブルブルッとふるえた父さんは靴を投げるように脱ぎ捨て、祖父のいる部屋に入ったかと思うと戸を閉めた。
「何、ほざくだ？」祖父の怒鳴り声が漏れてきた。一族にも等しかった村の人々は、互いにある種の目配せを交わした。
「誰かが〈二番目〉の頭を押し出した。「なんで？ なんで？ おっかあ、どこサ、いるネ？ 可哀相なおっかあ、どこサ、いるネ、ええ？」父さんが飛び出してきて、庭のあちこちに目を走らせた。
息子を待ちきれず、湯灌し経帷子（きょうかたびら）を着せ麻布で巻きあげるまで全部終え、入棺したあとだった。庭の片隅、それも陽の差さない角の方に屏風をめぐらし屍体を安置したのだが、一一時にもならずして庭はぐらぐらと陽が沸騰していた。父さんはぴょんぴょん跳ねるようにして屏風の裏に駆けていった。棺にすがりついて父さんは鳴咽した。
　お供え膳の食物は半日ももたずに、すえた臭いがし出した。果物も傷み出した。そのたびに和え物と汁を取り替え、傷んだ果物も新しいのに替えて供えた。新たに作った和え物からも、炊きたてのご飯からも、灰貝のぬたの臭いがすると、〈二番目〉は

ぶつぶつ文句を言った。喪服に着替えた母さんと父さんは汗をたらたら流しながら弔問客に応対した。麻の喪服に擦れた首筋が赤く腫れ上がった。母さんと叔母たちは人が見ていないと思うと、所もかまわずチマをバタバタ持ち上げた。出棺の日取りが遅れて五日葬にするしかなかった。「五日葬だと？」向かいに坐った老人が応酬した。「そうするっきゃねえわ。息子が来ねえんじゃけ……」ムスコ来ズ五日葬トハ。「したら、家庭儀礼準則*2に違反するんでないけ？」準則違反ソリャイカン。庭の隅の下水口には腐った食物がうずたかく積まれた。ハエの群がたかって、じきにウジがわいた。お供え飯をよそっている母さんに、一人の老人が舌打ちをした。「やれやれ、ケチケチするでないわ。お供え飯は、もそっと盛れや。黄泉に旅立つお人が腹ァすかさんようにな」老人の言うとおり、はいはいと、普通の大盛ご飯程度にしておけばいいものを、母さんはぴしゃりと言い放った。「うちの田舎じゃ、こうやって盛ります」別の老人たちのこの物言いに母さんは完全におへソを曲げてしまった。「はいはい、こうなら、ようござんすか？」ウチノ流儀知ランカネ。「そりゃ、どこぞの風習かの？」老人が見ていたが、口をはさんだ。

母さんはこれみよがしに、お供え飯を盛りあげた。見かねた父が割って入った。「ほんとに口の減らないやつだ。ここがどこだと思ってポンポン口答えするんだ？」「だいたい、お父ちゃんはどっちの味方なのさ？　あたしの味方？　あっちの年寄の味方？」ドッチノ味方私カ老人。「オレは、おとなしい方の味方サ、決まってるだろ？」ことあるごとに父と母は衝突した。いつだったか、会えばケンカばかりなのにどうやってウチらをこしらえたの、と尋ねると、母さんは笑いながら言った。「一〇分は大丈夫じゃないか。一〇分あれば充分だもの」父さんは叔母さんたちとグルになって母さんの怒りをあおりもした。そのたびに、そうでなくとも水火も辞さず、まっ先に首を突っ込む祖母ちゃんが屏風の裏でガバッと起き上がり、「何だと？」と声をあげるような気がした。

村の人たちは用足しのついでにたち寄り、しばし足を休めていった。叔母たちは、

＊1　【五日葬】　死後五日に出棺するまで行う葬儀。
＊2　【家庭儀礼準則】　葬儀婚礼等の簡素化を統制した規則。一九六九年制定。一九七三年大統領令を経て一九八〇年法令となったが、一九九九年に廃止された。

〇二九

常日ごろ祖母と親しくしていたお婆さんたちが来ると、ぐらぐら沸騰してあふれかえる汁のようにワッと泣き崩れた。息もつけないほど泣いていたかと思うと真顔になり、台所を手伝っている村の女の人に向かって叫んだ。「あんた、ちょっと火を落としなよ。汁が煮つまっちまう！　汁ものに入れる豆腐なんか足りてるかい？」わたしはときおり軟泡汁に入れる豆腐だの弟に食べさせるお菓子を買いに、お使いに行って暇をつぶした。避暑客が押し寄せ、船は二便も増便になった。大勢の避暑客たちが去ると、また別の避暑客たちが押し寄せ、深夜まで砂浜は騒がしかった。各地から人びとが集まると、事件や事故も多くなった。支署長と、巡査二人だけの警察も忙しくなった。

火ヲ落トセ汁煮ツマル。（ヨンポック※3）

祖父はこの地の男たちがそうであるように、気性がせっかちだった。海まで何メートルか回り道をするのが面倒で、最初から塀の片側に犬くぐりの穴を開けていた。くぐり穴の外に、はてしない海が広がっていた。朝から一人、二人と集まりだした人びとは、昼飯どきになる前に砂浜いっぱいになった。原色の水着姿の娘たちが通ると、男たちはヒューッと長く口笛を吹いた。幾人かは安全監視員の警告にもかかわらず、しきりにブイの外に出ようとした。日に何度となく監視員はホイッスルを吹き鳴ら

〇三〇

らした。祖母を思ってワアワア泣いていた叔母たちも、ホイッスルの音が聞こえるとぴたっと泣きやんで塀の外に目をやった。

　早朝、避暑客たちが消えた砂浜にはあちこちゴミが散らばっていた。〈二番目〉とわたしは、毎朝どんな品物が落ちているか砂浜をうろついた。レンズの抜け落ちたサングラスをかけて〈二番目〉がゲラゲラ笑った。空気の抜けた浮き輪に息を吹き込んでみた。どこが漏れているかわからなかった。誰のしわざかズボンが脱ぎ捨ててあったりもした。そうやって海岸べりに沿って歩いて行くと、イワシの干し場に出た。海水浴場が有名になるずっと以前から島の干しイワシは全国各地へと売られていた。避暑客たちが来ない海水浴場のはずれでは島の子たちが群れて遊んだ。子どもたちは水浴びするうちお腹がすくと、砂浜に上がって生干しのイワシの身をむしって食べた。水浴び中にさらわれて波に運ばれてきた水泳帽は、その日最高の収穫のひとつだった。カラフルなプラスチックの花がついた水泳帽だった。棒切れですくいあげようとしたが、矢のように飛んできた女の子がパッと帽子をひったくって逃げていった。あ

*3【軟泡汁】　出棺の日に葬家で供す汁。

〇三一

とを追っかけて捕まえようとしたが、砂浜ではうまく走れなかった。

塀の内とはあまりにも別世界だった。夜になると、くぐり穴の外の海からまず暗くなった。波が押し寄せる時は暗闇の中でピカッとカミソリの刃のように白い刃が立った。弔問客が帰ると、叔母たちと母さんは縁側に横になって、あれこれおしゃべりをした。遊興地の方の灯りは夜がふけても消えることはなかった。速いテンポの歌声がズンズン響いた。日が暮れても宿に帰らない若者たちが砂浜に車座になってギターを弾き、歌をうたった。「あの星は僕の星、あの星は君の星……」父さんは祖父と酒の膳を間にして坐っていた。酒をつぎながら父さんは祖父の腹をそれとなく探っていた。「これからどうされるつもりで？ おっかさんもいないから朝晩の食事も困るし……」「夜のごとく黒き瞳、あの星は僕の星」あの星は僕の星、のところで母さんが小声でハモった。少しして叔母たちも加勢した。似たり寄ったりの年配の四人の女たちから、また似たり寄ったりの年頃だった少女たちの面影が覗いた。

「オレ、おまえが愛しいんよ、それ、おまえかて、わかってるやろ」塀の外から男の声が聞こえてきた。少しあとに女の声が続いた。「放して。背中、痛いんよ。わかったから、放してしゃべってよ」男が女の体を祖父の家の塀に押しつけていたらし

〇三二

い。「返事、聞くまでは放さん。だからおまえも言うてくれ。おまえかて、オレに気があるんやろ、違うんか?」年下の叔母がクックッと笑った。「どこの子たちだろ? 忠清道かな? なんてまあ、遠くから来たもんだ」年かさの叔母が、静かに、としきりに目をひそめて合図した。わたしたちは息を殺して恋人たちの会話を聞いた。ふと、わたしたちのあいだのどこかにまじって祖母ちゃんも聞いているような気がした。はやきもきしているようだった。「どうすりゃオレの話、信じてくれるんや? 血書、書くか? 何だってするわ。おまえがしてくれゆうたら、たった今、するわ」血書、という言葉に女が心を動かされたようだった。気をもたせるように間をおいてから女が言った。「怖い顔して、なんなん? イヤやわ。血書なんて……口で言うや、わかるやん? 字で書かなきゃ、わか……」女のセリフは何かに抑えつけられ、続かなかった。年下の叔母が、ひゃあ、こそばゆい、というふうに笑った。こそばゆい会話は父さんも聞いていたようだ。父さんの声が低くなった。「聞こえ

──────

*4【あの星は僕の星……】「二つの小さな星」というドイツのフォークソングを翻案した歌。一九七三年にヒットした。

たでがしょう？　お父だって聞いたでしょうが？」まだ生徒たちを教えていた頃のくせが残っているので、父さんはアンダーラインを引くようにぐいぐい抑えつける調子で言った。「じつに遠くから、みんな来てるでしょうが？　世の中変わったんですよ。一日生活圏になって、一日あれば行かれんとこ、ないんですがよ」祖父は盃に残った酒を一息にあおった。「正確には、まだ、一日生活圏とは言えないでしょ」母さんが口をはさんだ。父さんがあきれた、というように舌打ちした。「釜山から島まで三時間、朝早く発てばソウルからだって一日で来られる。違うか？」叔母たちは父さんの味方をしてみた。「そうよ、そのとおりヨ。一日生活圏とやらなんだわ」母さんは引き下がらない。ナゼ歩調ヲ合ワサヌカ。祖父の家を売ろうという父さんの魂胆を母さんが知らないはずはなかった。「だから、まだ一日生活圏じゃないって言ってるのよ。ソウルから汽車で来て、船で島にやって来たとしましょ。じゃ、その日のうちにソウルまでまた行けるかって？　要は、そこが問題でしょうが」

　要は、母の口が問題だ、というように父は盃を音たてて置き、祖父はドタンと床に寝そべった。塀の外の忠清道から来た恋人たちは帰ったらしい。こそばゆいセリフ。母さんと父さんも、あんなセリフをやりとりした頃があったのだろう。「オレ、おま

えが好きだ。おまえも、そりゃ、わかってるじゃないか」父さんも誰かよその家の塀に母さんを押しつけて熱い息を吹きかけたことだろう。父さんの口から発する酒臭さに母さんは顔をそむける。「あっ、痛っ。背中になんか当たってるわ」「いつになったらオレのこと信じるのか？　血書を書くか？　おまえがしろと言うなら今すぐにでも書くよ」母さんもその言葉に感動しただろう。父さんは母さんの口から飛び出す言葉を待って、立っていただろう。母さんは父さんの両の目をまじまじと見あげながら、あっさり折れて言う。「血書はイヤ。血は色が変わるわ。書くんならインクにしてちょうだい」

父さんはサンダルを音たててひきずりながら外に出て行った。「お父ちゃん！　どこ行くの？」母さんの問いに何の返事もしなかった。母さんは叔母たちに不平たらたら並べる。「ああなんですよ。人の話を鼻にもひっかけないんですからね」若い男が海に向かって叫ぶ。「スジョンよお！　好きだよ。オレの愛を受けてくれ！」好キダヨ。俺ヲ愛シテヨ。返事は海からでなく、意外にも遊興地の方から届いた。「こっちにおいで、愛してあげる」人は、誰も彼も愛を語ろうとして海に来るらしかった。愛しに来て歌をうたい、酒を飲んで喧嘩をする。

〇三五

波がだんだん高くなっていた。黒く日焼けした子どもたちは一列に並んで手をつないでは波の来るのを待ちかまえた。波が襲いかかる瞬間、いっせいに跳びあがった。波を避けそこねて水を飲んだ子どもはゲゲッと吐き出しながら悪態をついた。父さんも島で生まれ育った。似ているとしたら誰に似てるだろう、子どもたちをよく見ていると、その中に水泳帽をかっさらっていったあの女の子がいた。わたしと〈二番目〉はたちまち子どもたちに囲まれた。「なまえ、なんだい？」「ハンナ。イ・ハンナ？*5 じゃあ、こいつはトゥナけ？」*6 子どもたちが笑った。「ハンナ？*7 ハンナ・イ・ハンナ？」白い歯をむきだして、子どもたちにからかわれているのも知らず、〈二番目〉は一緒になって笑った。おまえたちにハンナの意味がわかるか。腹が立って唇をぎゅっと結んでじゃあ、預言者サムエルなんて知りもしないだろう。恩寵っていう言葉を知っているか。いると、別のガキが目をくりくりさせて謎かけした。「学校とガッコの違い、知ってるかい？」今度も子どもたちが笑った。「学校は勉強するとこで、ガッコはベンキョさ、すっとこサ！」女の子はこっちには目もくれず、泳ぎの練習に没頭していた。沈みそうになっては水の上に浮かび上がり、いくらもしないで沈んだ。そのたびに水泳

帽をかぶった女の子の頭だけが見えた。

派出所の巡査が二人、不意に家にやって来た。入棺を終えた棺を開け、すでに麻布で巻かれた屍体を見ようと押しかけていた人びとがざわめいた。縁側でうとうとしていたわたしはにわかに眠りから覚めた。屛風が片づけられ、板の間から引っぱった電球が中庭を照らしていた。棺のふたが開けられ、わたしはミイラのように棺からバッと起き上がる祖母を見た。とうとう来るべきものが来たと思った。出棺を目前にして、まだ埋葬許可ももらっていないから、すんでのところで五日葬もできずに日延べするところだった。ことあるごとに衝突する父と母、後ろ手を組んでああだこうだ文句をつけるだけの村の老人たち、長びく葬式に村人にふるまった飲食代だけでも少なくなかった。我慢して横たわっていたが、とうとう堪忍袋の緒が切れたんだろう。
巡査のうち一人は父の同窓らしかった。「こったらコトまでするオレの気持ちもわ

＊5 【ハンナ?】「一つかい?」と同音。
＊6 【トゥナけ?】「二つかい?」と同音。
＊7 【ハンナの意味】ハンナは旧約聖書に登場する女性の名前だが、ヘブライ語で「恩寵」を意味する。神への祈りが通じて授かった男児は預言者サムエルとなった。

かってくんな。たれ込みがあった以上、こっちもどうしようもないのサ」祖母の突然の死に関してあれこれ噂が飛び交っていた。祖父の家に来た最初の日、謀議をするようにひそひそ言っていた村人たちの姿が思い浮かんだ。あの日も、祖父と祖母は大喧嘩した。祖父はまるでサバがかかった網を引き揚げるように祖母の髪をつかんだ。そうやって何遍か網を引き揚げた。あれー、死んじまうよ。祖母がワーワー声をはりあげた。むしゃくしゃした祖母は台所に入って、祖父が飲んでいた焼酎のビンを手にラッパ飲みした。その翌日、祖父が目覚めたとき、隣に寝ていた祖母は死んでいた。毒殺という噂が広まった。噂を呼んで、噂が噂を呼んで、父さんが集まった人びとに向かって大声をあげた。「どだい、これが話になりますか？こったら謀略がどこにありますか？　えっ？　こりゃ、リア王じゃあるまいし！」父さんの言葉は母さんの言葉にまた腰を折られた。「リア王じゃないわ、ハムレットなら、いざ知らず」

真夏の猛暑に、四日も安置されていた祖母の顔は腐ったスイカみたいじゃないかと心配になった。麻布を解くと出っ張った頬骨が現れた。最後に祖母ちゃんの顔をよく見ておこうとしたが、後ろに立っていた叔母がわたしの目を塞いだ。すぐ続いて叔母

たちが鳴咽し、父さんが、おっかあ、と言いながら庭を転げまわった。あの酷暑にもかかわらず祖母の顔は比較的きれいだったという。大人たちに隠れてその光景をしっかり見た〈二番目〉が教えてくれた。巡査が祖母の口を開けると米粒が出てきたそうだ。ふしぎなことに米粒がもぞもぞ動いたという。祖母の舌をぐいと引っぱって調べたそうだ。

「はい、結構でがす！」巡査が言い終わるやいなや、二人が進み出て屍体を元通り整えた。棺のふたを閉めようとしたが、そのときまで首をかしげていた母さんが食ってかかるばかりに叫んだ。「ちょっと待ってください！」人びとの目がいっせいに母さんの方に集まり、待てとはなぜか、詳しく説明せよと問い糾した。「右手じゃないじゃないですか！」だしぬけにわけのわからない話だった。母さんはもどかしいのか、胸を二、三度叩いた。「だから、左手の上に右手が来なけりゃいけないんですか？」なんだと？ 今度も人びとはわけがわからなかった。母さんが自分で両手をパッと開いてヘソのところに左手を置き、その上に右手を重ねた。「女の人は、右手が上に来なくちゃいけないんですよ！」「左手、右手に順序があるの？」一番下の叔

〇三九

母が尋ねた。年長者たちが近寄って屍体を確かめて見た。「右手、合ってるけどな？」今度も母さんは胸を叩いた。「見る人の方からでなく、お祖母さんの方から見なくちゃ」誰かが背後から言った。「そりゃあ、どこの決まりぞね？」母さんがくどくど言った。「決まり、決まり。まったくもう、決まりがお好きなこと」左手だ、右手だ、意見が交錯したが、今となってはどうすることもできない、ということで決着した。

とうとう埋葬許可がおりた。

朝から家の中は軟泡汁の匂いがそこらじゅうにただよった。庭の中に入れない柩を載せる輿は門の外に待機していた。新品のように、輿の彩色は鮮明だった。色とりどりの蓮の花が満開だった。輿の担ぎ手たちはそそくさとご飯を汁に入れてかきこんだ。眠りから覚めた避暑客たちが爪先立ちして塀の中をのぞいて通りすぎた。一人、二人と村の老人たちが集まり始めた。棺が輿に載せられた。輿の担ぎ手たちが輿の傍らに行き、位置についた。その時だった。くぐり穴から黒く日焼けした子が飛び込んできた。「子どもが、おぼれたよう！」その子はそれ以上言えずに、ただ海を指さすばかりだった。人びとはどっとくぐり穴の外に飛び出し、走った。父さんは柩の載った輿と海を代わる代わる見ながら手をこすり合わせるばかり。遅れてくぐり穴から抜け出

したわたしと〈二番目〉は人のあとについて走った。子どもたちが集まって立っていた。何人かの子が海に入って潜った。だが、毎回一人きりで出てきた。大人たちが海に飛び込んだ。麻の服が水を含んでだらんと垂れた。服を脱ぎ捨てた大人たちが海の中に消えた。一、二分が長く感じられた。「そばにいたけど、ちっと目離したすきにいなくなったんだよう」子どもが泣いていた。何度空しい潜水をくりかえしたろうか、ややあって、水の中から突きでた頭が声をあげた。あたりにいた大人たちがそっちに押し寄せた。

女の子だった。水泳帽をかぶっていたあの子だった。顔が蒼白だった。大人たちの手がせわしく動いた。容赦なく胸が押さえつけられた。あばら骨がすっかり浮き出た痩せた胸がぐいぐいと音立てて押された。何分過ぎたろうか、少女が口から水を吐き出した。ゴホッ、ゴホッと二、三度咳をしたと思うと息をし出した。もう幼児でもない少女なのに口を大きくあけて泣いた。

祖母ちゃんは、生涯スタコラ歩きまわった村の路地を、最後は柩の輿に乗ってめぐった。「おやまあ、楽チンだワイ!」輿の上に坐り、村をゆったり見渡して笑って

いる祖母の姿が浮かんだ。避暑客たちは柩の輿を目にするとぎょっとして後ずさりした。行列はあとからあとから続いて長くなった。金を借りたり貸したり踏み倒されたり、お焼きを分け合って食べたり、生きのいい魚を横取りしたり、髪をつかんで喧嘩したり、村人の誰一人として祖母との思い出ひとつ持たない者はいなかった。柩の輿について来た老人たちがブツブツ言った。「まかり間違えば六日葬になるところじゃった」「六日葬？　なして九日葬はせんよ、九日葬じゃろ」一人の老人が気がもめるらしく、また尋ねた。「なして九日葬かね。三日、五日とくりゃ、次は七日じゃろ」「ほれ、九日葬でやった日にゃ、お上からお叱り受けるべよ。家庭儀礼違反だと」

海岸べりに柩の輿がさしかかった。誰かが、なして哭をせんかネ、と言った。父さんが「アーゴー」と声をあげた。叔母たちもあとについて声を出した。哭をしていた母さんが割れたビンのかけらでも踏んだのか「アイタ」と言った。「また、何かネ？　頼むから、さっさと歩いてくれよ！」父さんの文句が続いた。母さんはキムチのことを思った。漬け込んだのに、一口も食べてないキムチ。今ごろは酸っぱくなったろうな。キムチのことを思うと、やっといくらか日常生活を取り戻したような気がして、

〇四二

ひとりフッと笑った。

ワカメにからみつかれ、さらわれたかとまた押し戻されてくるのは、花飾りのついた水泳帽だった。女の子が水におぼれたとき失くしたようだ。水の中で水泳帽が脱げたのも知らずに女の子は死線をさまよったのだろう。カブッタラ私ノモノサ。わたしはすばやく水泳帽をかぶった。海岸線の果てに白い衣を着た人びとが点々と遠のいていった。

祖父はその翌年、家を売ってソウルに来た。ソウルに来てからは裏部屋住まいの隠居になった。父はあの家を、自分の女房に父のことを先生だと吹聴した同窓生に売った。先生だぞと自慢気に語ったその友は、父が先生だという点を悪用した。生徒を教えることしか知らない父は世情にうとかった。祖父のあの家は土産物屋になったが、さらに旅館になり、ラブホテルに替わった。ホテルのフロントに坐った例のオジさんは、女一人で泊まるというと疑わしそうな目でわたしを見つめた。

その後も何度かわたしは父に電報を打った。ある日、母さんに言われた内容のメモ

*8 【哭】 葬式で喪主や親族などが悲しみを表すため、「アイゴー」と声をあげて泣く儀礼。

〇四三

は引き裂いて、「アナタ今スグ会イタイ」と打電した。あたかも、その言葉を待ってこの数年をさすらってきた人のように、父が帰ってきた。使命感とともに、わたしの内なる一〇拍子のリズムもほかの拍子へと移り変わった。上級生になって習った修辞法にはまったせいもあった。わたしの内なる文章は冗長な蔓衍体へと変わり、華麗な修飾語を連ねて延々と長くなった。

わたしは遠ざかっていく柩の輿を見つめて立っていた。わたしも祖母ちゃんのように、「あそこ」からうどんを引っ張り出すようにして子どもの六人も産んだら、あっさりとカンヌキをはずすように両脚を開くようになるだろうか。祖母ちゃんが知ったらいささか面白くないかもしれない。あれこれの場面はみな差し置いて、よりによって「あそこ」でもって祖母ちゃんを偲ぶことになるのだから。かくして祖母ちゃんは黄泉の国へと旅立った。スタコラコレニテ匆々。

〇四四

訳者解説

ハ・ソンナン（河成蘭）は、一九六七年、ソウル生まれ。ソウル芸術大学文芸創作科卒業。一九九六年、『ソウル新聞』新春文芸に短篇小説「草」が選ばれ、文壇デビュー。以後、冷徹な観察者の立場で、非情な現代都市に生きる人間の日常の裏面を、顕微鏡を覗くように細密に描写してきた。たとえば一九九九年〈東仁(トンイン)文学賞〉受賞作の短篇「かびの花」では、アパートのゴミ捨て場に放出されたゴミ袋の中身を点検することでしか隣人を理解することができない男を素材に、コミュニケーションが稀薄となった現代を文字通り生ゴミの臭気ただよう非情な表現で描いた。

今までに小説集『ルービンの酒杯』『隣家の女』『青髭の最初の妻』、長篇小説に『食事の愉しみ』『わが映画の主人公』などがあり、二〇一〇年には、長篇小説『Ａ』を出版したが、これは世間を騒がせた「五大洋(オデャン)集団自殺事件」（一九八

七年)を素材にした意欲作。実際に新聞の社会面で報道された衝撃的な事件を扱いながらも、その表現は過度の感情を抑え、事件関係者の悲しみと苦悩を淡々と描写する手法で、人間の本質に迫ろうとしている、と評される。また、日本を素材にした長篇小説『札幌旅人宿(ヨインスク)』(二〇〇〇年)は最初ネットで掲載された。韓国における札幌ブームにも一役買い、出版後はベストセラーになった。創作の契機となったのは、「サッポロ」がアイヌ語由来であることを知ったこと、日本の植民地体験をもつ民族として先住民族アイヌに共感したから、と語るあたりに作者の問題意識が感じられる。

本短篇「あの夏の修辞法」(原題は「あの夏の修辞」 ユ 여름의 수사)は二〇〇八年〈李箱(イサン)文学賞〉優秀賞を受賞した作品である。

今から五〇年ほど前、高速道路の開通、自動車工場の登場、冠婚葬祭の簡素化など、朴正熙(パクチョンヒ)独裁政権による経済開発・近代化政策が動きだした七〇年代初頭の韓国の姿を、作者の分身とも思える少女の目を通して描いている。

この小説では時代の象徴ともいえる小道具が巧みに使われているが、全篇をつらぬき活躍するのは、ケイタイやスマホが普及した現代ではほとんど使われなく

〇四七

なった「電報」である。題名の「修辞法」は一〇文字の電文の形に要約された少女の内なる思いを表し、この小説の特異な技法となっている。ただし、この「電文」を日本語で一〇文字に訳すのは至難の業だ。一文字（一音節）を最大四つの字母で構成する朝鮮語に比べ、日本語は一文字一音。カタカナ表記の電文ではありえない漢字を含めた一〇文字にしてもなお原文より縮約せざるをえなかった。訳者もこの「電文」という修辞法と格闘し、作者の要約をさらに凝縮してエッセンスを絞り出した形になった。

もうひとつ、作中に出てくる当時を表す小道具のうち、日本の読者にはなじみのないものに「ゴムタライ」がある。「タライ」はたしかに植民地時代の日本の置き土産だが、赤褐色の「ゴム」ならぬ合成樹脂製のものが登場したのは植民地からの解放後。朝鮮戦争を経て貧しかった時代に庶民の生活になくてはならなかった代物として、郷愁をもって今なお愛用する人さえいるという。その日本語由来の呼び名自体、「国語醇化運動」——七〇年代当時、まだ朝鮮語に残っていた日本語の残滓やスラングなどを排除する運動——にもかかわらず生き延びたようである。当時、銭湯に行くのは月に一度がせいぜいで、風呂やシャワーもなく

水道すら共用だった貧しい家では、洗濯はもちろん、湯浴み・水浴びに、キムチ漬けにと各家庭で、そしてこの小説に描かれたように漁師のおかみさんやら行商・露天商の女たちが担ぐ容れ物としても大活躍した。なお、作中ソウルの家ではこれが「ステンのタライ」になっているところに、作者の目配りが感じられる。

ところでこの作品は、田舎の祖母の死を知らせる電報から始まり、すったもんだの末、葬式が終わるところで幕を閉じる。そこには辺境の島に住む漁師の祖父母の荒々しくむきだしの生──特に喧嘩の様と、島を出たインテリの父と母の感情的なすれ違い──愛憎が対照的に描かれているが、どちらにしても印象に残るのは女の側で、祖母だけでなく母も強烈に自己主張をする姿である。これぞ自身につながる「韓国の女」のルーツとして、へきえきしながらも、作者は愛情をこめて描いているようにも思われる。

最後に、この作品を翻訳するうえで訳者が苦戦を強いられた「方言」について触れておきたい。この小説の特徴というか魅力は、全篇に繰り広げられる老若男女の生き生きとした会話、なかでも多種多様な地域のお国訛り、つまり方言の駆使である。そもそも方言は翻訳不能だとする考え方もある。日本のどこか特定の

〇四九

地域の方言に置き換えた場合、読者はその日本の地域イメージに囚われてしまうから、という理由だ。しかし、本作品では方言を方言として訳さないわけにはいかない。小説の舞台は釜山から船で三時間という離島の漁村。しかも近代化が進行中で住民の言葉遣いも年齢や職業、教育程度により相違があり、加えて各地から来ている避暑客の方言の違いをも訳し分けなければ、この小説の妙味は伝わらない。韓国の方言にも日本の方言にも疎い訳者としては、手に余るこんな難しい翻訳は引き受けるのではなかった、と思ったが、後の祭りである。原語の理解には慶尚道(キョンサンド)出身の友人などの助けを借りたものの、それを「日本のどこともいえない方言」に置き換えようとした結果、インチキな日本語のセリフになったのはいたしかたない。幸か不幸か、このショートショート・シリーズでは、原文が並記されるので、原語を読まれる読者は、訳者の悪戦苦闘ぶりを笑ってご寛容くださることを祈るばかりである。

牧瀬暁子

著者

ハ・ソンナン(河成蘭)

1967年、ソウル生まれ。
ソウル芸術大学文芸創作科卒業。
1996年『ソウル新聞』新春文芸に短編「草」が選ばれ文壇デビュー。
以降、「かびの花」で東仁文学賞(1999年)、本作「あの夏の修辞法」で
李箱文学賞優秀賞(2008年)、「カレー・オン・ザ・ボーダー」で
黄順元文学賞(2013年)等を受賞した。既訳に
「隣の家の女」(『6 stories――現代韓国女性作家短編』所収、集英社)、
「嬉しや、救世主のおでましだ」(『いま、私たちの隣りに誰がいるのか』
所収、作品社)、「かびの花」(『現代韓国短篇選 上』所収、岩波書店)、
「ハエ」(『韓国女性作家短編選』所収、穂高書店)がある。

訳者

牧瀨曉子(まきせ あきこ)

1946年東京生まれ。
1970年〜現代語学塾などで朝鮮語を学ぶ。
2002年韓国に留学し、ソウル大学言語教育院、
及び延世大学大学院(国語国文科碩士課程、2年中退)で学ぶ。
訳書に朴泰遠『川辺の風景』(作品社)、
『鄭喜成詩選集 詩を探し求めて』(藤原書店)、
『韓国語対訳叢書3 伝記篇 黄真伊・柳寛順』(高麗書林)、
共訳書に『現代朝鮮文学選2』(創土社)がある。

韓国文学ショートショート
きむ ふな セレクション 04
あの夏の修辞法

2018年10月25日　初版第1版発行

〔著者〕ハ・ソンナン（河成蘭）
〔訳者〕牧瀬暁子
〔ブックデザイン〕鈴木千佳子
〔ＤＴＰ〕山口良二
〔印刷〕大日本印刷株式会社

〔発行人〕　永田金司　金承福
〔発行所〕　株式会社クオン
〒101-0051　東京都千代田区神田神保町1-7-3 三光堂ビル3階
電話 03-5244-5426　FAX 03-5244-5428　URL http://www.cuon.jp/

© Ha Sung-Ran & Makise Akiko 2018. Printed in Japan
ISBN 978-4-904855-79-9 C0097
万一、落丁乱丁のある場合はお取替えいたします。小社までご連絡ください。

©2013 by Ha Sung-Ran
First published in Korea by Moonji Publishing Co., Ltd.
All rights reserved.
Japanese translation copyright © 2018 by CUON Inc.
The『あの夏の修辞法』is published by arrangement with K-BOOK Shinkokai.

This book is published under the support of
Literature Translation Institute of Korea (LTI Korea).

가 말한 내용을 찢어버리고 '당신이너무보고싶어요'라고 보냈다. 마치 그 말을 기다리느라 수년을 떠돈 사람처럼 아버지가 돌아왔다. 사명감과 함께 내 속의 열 박자 리듬감도 다른 박자로 옮겨 탔다. 상급생이 되면서 배운 수사법에 빠져든 탓도 있었다. 내 속의 문장은 만연체로 화려한 수식어를 달고 길고 또 길어졌다.

나는 멀어지는 상여를 보며 서 있었다. 나도 할머니처럼 거기로 국수 뽑듯 애 여섯쯤 낳고 나면 시원하게 빗장 풀듯 두 다리를 열게 될까. 할머니가 알면 조금은 슬플 것 같았다. 이런저런 모습 다 두고 하필 거기로 할머닐 떠올리게 될 테니까. 그렇게 할머니는 마지막 길을 떠났다. 총총총총총총이만총총.

버지가 아고, 했다. 고모들이 따라 했다. 곡을 하던 엄마가 깨진 병 조각이라도 밟은 듯 어쿠, 했다. "또 뭐야? 제발 좀 가자!" 아버지의 지청구가 이어졌다. 엄마는 김치 생각을 했다. 담궈놓고 입도 대지 못한, 지금은 촛국이 되었을 김치 생각을 하자, 이제 좀 살 만한 모양이라고 혼자 웃었다.

미역에 감겨 쓸려 갔다 다시 밀려오는 것은 꽃이 달린 수영 모자였다. 계집애가 물에 빠지면서 잃어버린 모양이었다. 물속에서 수영 모자가 벗겨지는 줄도 모르고 계집애는 사경을 헤매었을 것이다. 이젠내꺼야쓰는게임자. 나는 얼른 수영 모자를 썼다. 해안선 끝으로 흰옷 입은 사람들이 점점이 멀어졌다.

할아버지는 그 이듬해 집을 팔고 서울로 왔다. 서울로 와서는 뒷방 노인네가 되었다. 아버지는 그 집을 아내에게 아버질 선생이라고 소개했던 동창에게 팔았다. 선생이라 자랑스럽다던 그 친구는 아버지가 선생이라는 점을 악용했다. 학생들만 가르친 아버지는 세상 물정에 어두웠다. 할아버지의 그 집은 관광상품점이 되었다가 여관이 되었다가 러브호텔로 바뀌었다. 호텔 프런트에 앉아 있던 그 아저씨는 여자 혼자 투숙하겠다고 하자 의심스러운 눈으로 날 쳐다보았다.

그 뒤로도 몇 번 나는 아버지에게 전보를 쳤다. 어느 날 엄마

리했다. 어른들의 손이 다급하게 움직였다. 인정사정없이 가슴을 눌러댔다. 갈비뼈가 다 드러나는 앙상한 가슴이 덜컹 움직였다. 몇 분이 흘렀을까 여자애가 입으로 물을 토해냈다. 켁켁, 두어 번 기침을 하더니 숨을 쉬기 시작했다. 다 큰 계집애가 입을 크게 벌리고 울었다.

할머니는 평생 총총 걸어 다니던 고샅을 상여 타고 마지막으로 돌았다. "하이고, 편테이!" 상여 위에 앉아 동네를 천천히 둘러보며 웃고 있는 할머니의 모습이 떠올랐다. 피서객들은 상여를 보자 움? 물러섰다. 행렬은 꼬리를 물고 길어졌다. 돈을 꾸었거나 꿔줬거나 떼였거나 부침개를 나눠 먹었거나 물 좋은 고기를 가로챘거나 머리끄덩이를 잡고 싸웠거나 동네 사람 누구 하나 할머니와 추억 없는 사람이 없었다. 상여를 따라오던 노인들이 중얼거렸다. "까딱했으믄 육일장 될 뻔했다." "육일장? 육일장은 안 한다, 구일장이지." 한 노인이 궁금하다는 듯 다시 물었다. "와 구일장일꼬. 삼 일 오 일이믄 다음은 칠 일이지." "그 많은 객식을 우찌 다 알낏고." "하, 구일장으로 했다간 위에 소리가 들어갈끼다. 가정이례 위반으로다가."

해안가로 상여가 들어섰다. 누군가 와 곡을 안 하노, 했다. 아지 못한 상여는 문밖에 대기하고 있었다. 새로 장만한 듯 상여의 단청이 선명했다. 색색의 연꽃들이 활짝 피어 있었다. 상여꾼들이 서둘러 염폿국에 밥을 말아 먹었다. 잠에서 깬 피서객들이 발돋움을 해서 담장 안을 엿보고 지나갔다. 하나둘 동네 노인들이 몰려들기 시작했다. 관이 상여에 실렸다. 상여꾼들이 상여 곁으로 가서 자리를 잡고 섰다. 그때였다. 개구멍으로 검게 탄 아이 하나가 뛰어들었다. "아가 빠졌십니더!" 아이는 말을 못 잇고 손가락으로 바다만 가리켰다. 사람들이 우르르 개구멍 밖으로 나가 달렸다. 아버지는 상여와 바다를 번갈아 보며 손바닥만 비벼댔다. 뒤늦게 개구멍을 빠져나온 나와 둘째는 사람들 뒤를 따라 달렸다. 아이들이 모여 서 있었다. 몇몇 아이들이 바다로 들어가 자맥질을 하고 있었다. 하지만 매번 혼자만 나왔다. 어른들이 바다로 뛰어들었다. 삼베옷이 물을 먹고 축 늘어졌다. 옷을 벗어 던진 어른들이 바닷속으로 사라졌다. 1, 2분이 길게 느껴졌다. "옆에 있었는데 잠깐 딴 데 본 새에 없어짓십니더." 아이가 울고 있었다. 몇 번의 헛자맥질이 이어졌을까, 잠시 뒤 물속에서 솟구친 머리가 소리를 질렀다. 주위에 있던 어른들이 그쪽으로 몰렸다.

계집아이였다. 수영 모자를 썼던 그 계집아이였다. 얼굴이 파고 했다. 할머니의 혀를 쭉 빼내 살펴보더라고 했다.

"예, 됬십니더!" 순경의 말이 끝나자마자 두 사람이 나서 시신을 수습했다. 관 뚜껑을 닫으려는데 그때까지도 고개를 갸웃거리고 있던 엄마가 앙칼지게 외쳤다. "잠깐만요!" 시신의 머리 쪽에 있던 사내가 화들짝 놀랐다. "하이고 식겁이야!" 사람들의 눈이 모두 엄마에게로 몰려 자초지종을 대라고 캐묻고 있었다. "오른손이 아니냐구요!" 밑도 끝도 없는 말이었다. 엄마는 답답한지 가슴을 두어 번 쳤다. "그러니까 왼손 위에 오른손이 와야 되는 거 아니냐구요?" 뭔 소리고? 이번에도 사람들은 알아듣지 못했다. 엄마가 스스로 두 손을 활짝 펴서 배꼽 위에 왼손을 놓고 그 위에 오른손을 포갰다. "여자는 오른손이 위로 가야 하는 거 아니냐구요!" "왼손, 오른손 순서가 있나?" 막내 고모가 물었다. 어른들이 다가가 시신을 살펴보았다. "오른손 맞는데?" 이번에도 엄마는 가슴을 쳤다. "보는 사람 입장에서 말고 할머니 입장에서 봐야죠." 누군가 뒤에서 말했다. "그기 어디 뻡이고?" 엄마가 구시렁댔다. "법, 법. 거참 법 되게 좋아하시네." 왼손이다, 오른손이다, 의견이 분분했지만 지금으로서는 어쩔 도리가 없다는 것으로 결론이 났다. 드디어 매장 허가가 떨어졌다.

아침부터 집 안은 염폿국 냄새가 진동했다. 마당 안에 들어오

리채를 움켜쥐었다. 그렇게 몇 번이나 그물을 거두어 올렸다. 아고, 나 죽는다. 할머니가 고래고래 고함을 질렀다. 속이 상한 할머니는 부엌으로 들어가 할아버지가 먹던 소주병을 들고 나발을 불었다. 그다음 날 할아버지가 깨어났을 때 곁에 누운 할머니는 죽어 있었다. 독살이라는 소문이 나돌았다. 소문은 꼬리에 꼬리를 물어 할아버지가 지랄 같은 할머니의 잔소리를 견디다 못해 자는 할머니의 귀에 독약을 흘려 넣었다고 했다. 아버지가 모인 사람들을 향해 고래고래 고함을 질렀다. "도대체 그게 말이나 됩니꺼? 이런 모함이 어디 있습니꺼? 야? 이거 리어 왕도 아니고!" 아버지의 말은 엄마의 말에 또 끊겼다. "리어 왕은 아니지, 햄릿이면 또 몰라도."

한여름 무더위에 나흘이나 누워 있었을 할머니 얼굴이 물크러진 수박 같을까 봐 걱정이 되었다. 염포를 풀자 도드라진 광대뼈가 드러났다. 마지막으로 할머니의 얼굴을 잘 봐두려 했는데 뒤에 서 있던 고모가 내 눈을 가렸다. 곧이어 고모들이 오열했고 아버지가 어무이, 하면서 마당을 뒹굴었다. 그 무더위에도 불구하고 할머니의 얼굴은 비교적 깨끗했다고 했다. 어른들 몰래 그 광경을 다 본 둘째가 말해주었다. 순경이 할머니의 입을 벌리자 쌀알이 나왔다고 했다. 이상하게도 쌀알이 꿈틀대더라가 가라앉았다. 그럴 때마다 수영 모자를 쓴 계집애의 머리통만 보였다.

파출소 순경 둘이 집으로 들이닥쳤다. 입관해놓은 관을 열고 염습까지 한 시신을 보러 몰려든 사람들이 웅성댔다. 툇마루에서 선잠을 자고 있던 나는 불현듯 잠에서 깼다. 병풍은 걷어졌고 마루에서 끌어간 전구가 마당을 밝히고 있었다. 관 뚜껑이 열리고 나는 미라처럼 관에서 벌떡 일어서는 할머니를 보았다. 드디어 올 것이 왔다고 생각했다. 발인을 앞두고 아직 매장 허가도 못 받았으니 까딱하다간 오일장도 못 치르고 날짜를 넘길 게 뻔했다. 사사건건 충돌하는 아버지와 엄마, 지레 뒷짐 지고 있다가 토만 다는 동네 노인들, 길어진 초상에 동네 사람들 거둬 먹인 음식값만 해도 적잖았다. 참고 누워 있자니 울화가 병이 되었을 것이다.

순경 중의 한 명은 아버지의 동창인 모양이었다. "이래꺼정 하는 내 마음도 알아도. 신고가 들어온 이상에는 우리도 벨 수 없다." 할머니의 급작스런 죽음에 이런저런 소문이 들고일어났다. 할아버지 집으로 오던 첫날, 모의를 하듯 중얼거리던 동네 사람들의 모습이 떠올랐다. 그날도 할아버지와 할머니는 크게 싸웠다. 할아버지는 고등어가 든 그물을 거두어 올리듯 할머니의 머

대답은 바다가 아니라 엉뚱한 유원지 쪽에서 왔다. "이리 온나, 내 받아주께." 사람들은 죄다 사랑을 하러 바다에 온 듯하다. 사랑을 하러 와서 노래를 부르고 술을 마시고 싸움을 한다.

 파도가 점점 높아지고 있었다. 검게 그을린 아이들은 일렬로 늘어서 손을 잡고는 파도가 오기를 기다렸다. 파도가 덮치려는 순간 한꺼번에 뛰어올랐다. 파도를 피하지 못하고 물을 먹은 아이들이 캑캑대며 욕설을 내뱉었다. 아버지도 섬에서 나고 자랐다. 닮았다면 누구와 닮았을까, 아이들을 유심히 보는데 그중에 수영 모자를 채간 그 계집애가 있었다. 나와 둘째는 금세 아이들에게 둘러싸였다. "이름이 뭐꼬?" "한나. 이한나." 하얀 이를 드러내놓고 아이들이 웃었다. "한나? 그럼 야는 두나가?" 아이들이 놀리는 것도 모르고 둘째는 덩달아 웃어댔다. 너희가 한나의 뜻을 알겠느냐, 은총이란 말을 알겠느냐. 그러니 선지자 사무엘은 알 턱이나 있겠느냐. 분해 입술을 꼭 다물고 있는데 다른 머슴애가 눈을 반짝이며 물었다. "학교와 핵교의 차이점을 아나?" 이번에도 아이들이 웃었다. "학교는 다니고 핵교는 댕긴다!" 계집애는 이쪽은 거들떠보지도 않고 헤엄을 치는 연습에 몰두해 있었다. 가라앉을 듯하다가 물 위로 떠오르고 얼마 못지."

 요는 엄마의 입이 문제라는 듯 아버지는 술잔을 소리 나게 내려놓았고 할아버지는 쿵, 소리를 내며 자리에 누웠다. 담장 밖의 충청도에서 온 연인들은 돌아간 모양이었다. 간질간질한 말. 엄마와 아버지도 그런 말들을 주고받았던 때가 있었을 것이다. "난 널 사랑해. 너두 그건 알잖아." 아버지도 누군가의 집 담벼락에 엄마를 떠다밀며 뜨거운 입김을 쏟아부었을 것이다. 아버지 입에서 나는 술냄새에 엄마는 얼굴을 돌린다. "앗, 아퍼. 등에 뭐가 배긴다구." "언제면 내 말을 믿을 거야? 혈서를 쓸까? 니가 하라면 지금이라도 쓸게." 엄마도 그 말에 감동을 받았을 것이다. 아버지는 엄마의 입에서 떨어질 말을 기다리며 서 있었을 것이다. 엄마는 아버지의 두 눈을 말똥말똥 올려다보며 똑 부러지게 말한다. "혈서는 싫어. 피는 색깔이 변해. 쓸 거면 잉크로 써줘."

 아버지는 슬리퍼를 요란하게 끌면서 밖으로 나갔다. "아빠! 어디 가?" 엄마의 말에 아무런 대꾸도 하지 않았다. 엄마는 고모들에게 불평을 늘어놓는다. "저런다니까요. 사람 말을 콧등으로도 안 듣는다니까요." 젊은 남자가 바다에 대고 고함을 친다. "수정아! 사랑한다. 내 사랑을 받아줘!" 사랑해수정나를받아줘.

없어. 니가 하라면 시방이라도 할겨." 혈서라는 말에 여자가 감동한 듯했다. 뜸을 들인 여자가 말했다. "무섭게 왜 이려? 나는 싫여, 무슨 혈서…… 꼭 말로 혀야 알어? 꼭 글로 써야 알……" 여자의 말은 무언가에 눌려 이어지지 않았다. 작은고모가 아고고, 간지럽다는 듯 웃었다.

간지러운 말들, 아버지도 듣고 있었던 모양이다. 아버지의 말이 낮아졌다. "들으셨지예? 아부지도 들으셨지예?" 아직까지 학생들을 가르치던 습관이 남아 있어 아버지는 밑줄을 긋듯 꾹꾹 눌러 말을 했다. "참 멀리서들 오지예? 세상이 바뀌었어예. 일일생활권이 돼가 하루면 몬 가는 데가 없어예." 할아버지는 잔에 남은 술을 한 번에 털어넣었다. "정확히는 아직 일일생활권이라고 할 수는 없지." 엄마가 끼어들었다. 아버지가 어이없다는 듯 혀를 찼다. "부산에서 섬까지 세 시간, 아침 일찍 움직이면 서울에서도 하루면 되지, 와?" 고모들은 아버지 편을 들고 보았다. "맞네, 맞아. 일일생활인가 뭔가." 엄마는 물러서지 않았다. 손발안맞아딱딱못맞춰. 할아버지 집을 팔려는 아버지의 속셈을 엄마가 모를 리 없었다. "그러니까 일일생활권은 아직 아니라는 거야. 서울에서 기차로 와서 배로 섬에 들어왔다 쳐. 그럼 그날로 서울까지 다시 갈 수 있느냔 말이지. 요는 그게 문제인 거리가 쿵쿵 울렸다. 해가 져도 숙소로 돌아가지 않은 젊은이들이 모래밭에 둘러앉아 기타를 치고 노래를 불렀다. "저 별은 나의 별, 저 별은 너의 별……" 아버지는 할아버지와 술상을 놓고 앉아 있었다. 술을 따르면서 아버지는 넌지시 할아버지의 의중을 떠보았다. "이제 어떡하실랍니까? 어무이도 안 계시니 조석도 걱정이고……" "밤같이 까만 눈동자 저 별은 나의 별." 저 별은 나의 별, 부분에서 엄마가 작은 소리로 화음을 넣었다. 잠시 뒤에 고모들도 합세했다. 고만고만 또래들인 네 명의 여자들에게서 고만고만한 또래였을 계집애들의 모습이 보였다.

"난 널 아껴, 그건 너두 알 거여." 담장 밖에서 한 남자의 목소리가 들려왔다. 잠시 뒤에 여자의 목소리가 이어졌다. "이것 놔. 등이 아프단 말여. 알았으니께 놓고 말혀." 남자가 여자의 몸을 할아버지 집 담장으로 밀어붙인 모양이었다. "말 듣기 전엔 못 놔. 그러니 너두 말혀. 너도 내가 맘에 있잖여. 안 그려?" 작은고모가 쿡쿡 웃었다. "어디 것들이고? 충청도가? 아따 멀리도 왔네." 큰고모가 조용히 하라며 눈을 찡긋거렸다. 우리는 숨죽이고 연인의 이야기를 들었다. 문득 우리 사이 어딘가에 끼어 할머니도 듣고 있을 거란 생각이 들었다. 남자는 애가 다는 모양이었다. "어떡하면 내 말을 믿을겨? 혈서를 쓰까? 못할 것도 둘째와 나는 아침마다 어떤 물건들이 떨어졌는지 살피러 모래밭을 돌아다녔다. 알 빠진 선글라스를 끼고 둘째가 웃어댔다. 바람 빠진 튜브에 바람을 불어보았다. 어디가 새는지 알 수 없었다. 누군가 바지를 벗어놓고 가기도 했다. 그렇게 해안가를 따라 가다 보면 멸치 밭이 나왔다. 해수욕장이 유명해지기 훨씬 전부터 섬의 마른멸치는 전국 각지로 팔려 나갔다. 피서객들이 들어오지 않는 해수욕장 끝에서 섬 아이들이 모여 놀았다. 아이들은 먹을 감다 배가 고프면 모래밭으로 올라와 꾸덕꾸덕 말라가는 멸치의 살점을 발라 먹었다.

미역에 엉켜 파도에 밀려온 수영모자는 그날의 최고 수확물 중 하나였다. 알록달록한 플라스틱 꽃이 박힌 수영모였다. 막대기로 건져내려는데 쏜살같이 달려온 웬 계집애가 모자를 확 채 달아났다. 뒤따라가 잡으려 했지만 모래밭에서는 뛰는 것이 너무 힘들었다.

담장 안과는 너무도 다른 세상이었다. 밤이 되면 개구멍 밖의 바다부터 어두워졌다. 파도가 밀려올 때면 어둠 가운데에서 반짝 면도날처럼 하얀 날이 섰다. 문상객이 돌아가고 나면 고모들과 엄마는 툇마루에 누워 이런저런 이야기를 나누었다. 유흥지 쪽의 불빛이 밤 깊도록 꺼질 줄 몰랐다. 빠른 박자의 노랫소 여자를 향해 외쳤다. "야야, 불 좀 줄이라, 국 다 졸아붙는다!" 불좀곽줄여국물다졸아. "탕에 넣을 두부칸 안 모자라나?" 나는 종종 연폿국에 넣을 두부나 동생에게 먹일 과자를 사 나르는 잔심부름을 하면서 시간을 보냈다. 피서객이 몰려들어 배는 두 편이나 증편되었다. 수많은 피서객들이 떠나가면 또 다른 피서객들이 몰려들어 깊은 밤까지 해변은 소란스러웠다. 각지에서 사람들이 모이다 보니 사건 사고도 많아졌다. 지서장과 순경 둘뿐인 지서도 바빠졌다.

할아버지는 그곳 사내들이 그렇듯 성격이 급했다. 바다까지 몇 미터 돌아 나가는 것이 귀찮아 아예 담장 한쪽에 개구멍을 냈다. 개구멍 밖으로 끝간 데 없이 바다가 펼쳐졌다. 아침부터 하나둘 모여들기 시작한 사람들은 점심때가 되기도 전에 해변에 가득 찼다. 원색 수영복 차림의 아가씨들이 지나가면 남자들이 꼬리 긴 휘파람을 불어댔다. 몇몇 사람들은 안전 요원의 경고에도 자꾸 부표 밖으로 나가려 했다. 시도 때도 없이 안전 요원이 호루라기를 불어댔다. 할머니 생각에 부르르 울던 고모들도 호루라기 소리가 들리면 울음을 딱 멈추고 담장 밖을 흘깃거렸다.

이른 아침, 피서객들이 사라진 해변 곳곳에 쓰레기가 널렸다.

쿠로." 노인 말을 고분고분 따라 고봉밥 푸듯 푸면 될 일을 엄마는 톡 쏘아붙였다. "우리 고향에선 이렇게 풉니다." 다른 노인 둘이 유심히 보고 있다가 거들었다. "그기 어디 풍십이고?" 노인들의 이 말에 엄마는 심사가 완전히 뒤틀려버렸다. "네네, 이러면 됐나요?" 우리는그래니네가알아? 엄마는 노인들 보란 듯 메를 쌓아올렸다. 보다 못한 아버지가 끼어들었다. "정말 학을 떼겠네. 어디서 또깡또깡 말대답이야?" "대체 아빤 누구 편이야? 내 편이야? 저기 노인네들 편이야?" 아빤누구편내편노인편? "난 착한 편이다, 왜?" 사사건건 아버지와 엄마는 부딪쳤다. 언젠가 만나면 싸우기만 하는데 어떻게 우릴 만들었냐고 물었는데 엄마가 웃으며 말했다. "십 분은 괜찮잖아. 십 분이면 충분하거든." 아버지는 고모들과 한통속이 되어 엄마의 부아를 돋우기도 했다. 그때마다 그렇지 않아도 물불 안 가리고 냅뜨고 보는 할머니가 병풍 뒤에서 벌떡 일어나 "뭐라 카노?" 소리칠 것만 같았다.

마을 사람들은 볼일을 보러 오가던 중에 들러 잠시 다리를 쉬고 갔다. 고모들은 평소 할머니와 친분이 두터웠던 할머니들이 오면 부르르 끓어 넘치는 국처럼 울음을 터뜨렸다. 숨을 쉬지 못할 듯이 울다가도 정색을 하고 부엌에서 일을 돕는 마을 두었는데 11시도 되지 않아 마당은 다글다글 햇볕이 끓어오르고 있었다. 아버지는 겅둥거리면서 병풍 뒤로 뛰어갔다. 관을 붙들고 아버지는 오열했다.

　젯상의 음식들은 반나절도 넘기지 못해 쉰내를 풍기기 시작했다. 과일들도 곯았다. 연신 나물과 국을 갈아 올리고 과일들도 새로 바꿔 얹었다. 새로 무친 나물에서도 갓 지은 밥에서도 꼬막무침 냄새가 난다며 둘째는 징징거렸다. 상복으로 갈아입은 엄마와 아버지는 땀을 뻘뻘 흘리면서 문상객들을 맞았다. 상복에 쓸린 목덜미가 벌겋게 부풀어 올랐다. 엄마와 고모들은 사람들이 안 보인다 싶으면 어디서나 치마를 벌렁벌렁 들어 올렸다. 발인 날짜가 늦춰지면서 오일장을 치를 수밖에 없었다. 소주를 마시던 노인이 말했다. "오일장이라?" 맞은편에 앉아 있던 노인이 받아쳤다. "우짜?노, 아들이 몬 왔는데……" 아들못와도오일장은좀. "그럼 가정의례준칙에 이배되는 거 아이가?" 준칙위반해그것은안돼. 마당 한편의 수챗구멍에는 상한 음식들이 쌓여갔다. 파리 떼가 꼬여 들고 금방 구더기가 슬었다. 하루 종일 같이 붙어 있는 통에 엄마와 아버지는 별일 아닌 일에도 티격태격했다. 메를 푸는 엄마에게 한 노인이 혀를 찼다. "하이고, 아낄 걸 아끼라. 메 좀 더 올리라마. 먼 길 가는 사람 배 안 곯

라진 목소리들이 튀어나오며 아버지의 양팔에 매달렸다. "오빠아! 와 이제 오십니꺼!" "오빠, 어메가 죽었습니더!" "새이야, 먼 길 오느라 욕봤다." 먼길이면다욕이나먹어. 아버지는 가까스로 중심을 잡으며 고모들을 떼어놓았다. "알았다, 알았어. 우선 아버지 좀 보고." 어두운 방구석에 틀어박혀 강소주만 들이켜던 할아버지는 아버지를 보자마자 불같이 화부터 냈다. 발인 날짜 하나 딱딱 맞추지 못한 아들이 곱게 보일 리 없었다. 할아버지는 아버지를 볼 때마다 어려서 죽은 두 아들을 떠올렸다. 놓친 고기가 커 보이는 법이었다. 발인을 하러 왔다가 주저앉은 사내들은 이미 거나하게 취해 있었다. 큰고모가 주위를 둘러보더니 아버지의 귀에 대고 소곤댔다. 부르르 떨던 아버지는 구두를 던지듯 벗어두고 할아버지가 있는 방으로 들어가더니 문을 닫았다. "뭐라 캤쌌노?" 할아버지의 호통 소리가 새어 나왔다. 일가 같던 마을 사람들은 저들끼리 모종의 눈빛을 교환했다. "뭔데? 뭔데?" 둘째가 끼어들려는데 누군가 둘째의 머리통을 밀어냈다. "어무이 어디 계시노? 불쌍한 우리 어무이 어디 계시노, 어?" 아버지가 뛰쳐나와 마당 이곳저곳을 살폈다.

아들을 기다리다 못해 염을 하고 입관한 뒤였다. 마당 한구석 그나마 햇빛이 들지 않는 그늘 쪽에 병풍을 치고 시신을 모셔

반이 배에서 내렸다. 힘든 뱃일 대신에 한 철 반짝 벌어 1년을 나는 장사로 눈을 돌렸다. 비좁은 길은 피서객들과 호객을 하는 상인들로 붐벼 발 떼기도 힘들었다. 누군가 아버지에게 다가서며 알은체를 했다. "어? 옥이 아이가?" 아버지는 비좁은 길에 우리를 세운 채 서둘러 국민학교 동창과 악수를 나눴다. "말도 마라. 니가 안 와가 발인도 몬 하고……" 동창이 가게에 대고 소리를 높였다. "퍼뜩 이리 와봐라." 가게 밖으로 키가 작고 통통한 여자가 쪼르르 튀어나왔다. "내 얘기했제? 이형옥이. 서울서 선생 하는." 여자가 아, 반색하더니 고개를 숙였다. 아주 오래전에 아버지가 교직을 그만둔 사실을 동창은 모르는 모양이었다. 골목을 따라 올라가는 동안 몇 사람이 아버지를 알아봤고 아버지는 서둘러 악수를 나누었다.

그물이 널린 돌담에 조등이 달려 있었다. 비좁은 마당은 동네 사람들로 북적였다. 광대뼈가 도드라진 검게 그을린 얼굴과 오종종한 키 때문에 사람들은 일가처럼 보였다. 사람들은 말다툼이라도 하듯 소리 높여 떠들어댔다. 부엌이나 변소 쪽에서 요란하게 웃으며 할머니가 뛰쳐나올 것 같았다. 툇마루 아래 할머니 것으로 보이는 슬리퍼가 엎어져 있었다. 신을이없는쓰레빠 두짝. 시끄럽게 떠들어대는 무리 사이에서 딱따구리처럼 도드

안중에도 없었다. 아버지는 해수욕장 길목에 자리 잡은 할아버지의 집에 눈독을 들였다. 일일생활권으로 섬까지의 교통이 편리해지면 서울에서도 피서객들이 몰려들 거라는 생각에서였다. 바다에 흩어진 비경들은 여름이 아닌 다른 계절에도 관광 상품이 될 만했다. 할아버지는 말도 꺼내기 전에 발끈했다. 내가 태어났을 무렵 처음이자 마지막으로 서울 행차를 했던 할머니는 아버지를 따라 서울로 가고 싶었다. 할머니는 내가 다 알아서 할 테니 넌 잠자코 있으라며 아버지에게 눈짓을 보냈다. 결국 할아버지와 할머니의 싸움으로 번지고 말았다. 바락바락 대드는 할머니의 머리채를 할아버지는 그물 걷듯 휘어잡았다. 그물이 올라오듯 할머니의 몸이 할아버지 손에 끌려 올라왔다. 그날 밤 배도 끊기고 통행금지마저 내린 그 시커먼 밤에 아버지는 우리를 데리고 할아버지 집을 나왔다.

불과 4년 사이에 많은 것이 바뀌었다. 아버지의 예상은 적중했다. 관광객 수는 해마다 늘고 있었다. 해안가를 따라 난 길만 아니었다면 집으로 가는 길조차 찾지 못할 뻔했다. 주점과 다방, 여관, 음식점들이 해수욕장 길목을 따라 즐비하게 늘어섰다. 배가 들어오면 동네 여인들이 고무 다라이를 들고 배를 반기러 나오던 길이 어느새 유흥지로 변해 있었다. 뱃사람들 가운데 절

판에 벌렁 드러누웠다. 이글거리는 태양이 발치 위에 있었다. 구름 떼가 천천히 한 방향으로 움직였다. 어질어질했다. 밑도 끝도 없이 갈릴레이 생각이 났다. "그래도 지구는 돈다." 여덟 글자였다. 그래도 지구는 돕니다. 그래도 지구는 도는구나. 나는 엿가락 늘이듯 글자를 열 자로 늘여가면서 지구의 자전 방향을 거슬러 걸었다. 배에도 리듬이 있었다. 나는 간신히 계단을 내려가 선미 쪽으로 다가갔다. 비슷비슷한 삼베 한복을 입은 촌부들은 누가 누군지 분간이 가지 않았다. 한 사람이 객실로 내려가면 다른 사람이 그 자리를 채우는 듯했다. 뒷모습만 보니 그들은 똑같은 한복을 맞춰 입은 어머니 중창단처럼 보였다. 어머니 중창단들이 차례로 허리를 구부렸다. 나는 뜨겁게 단 쇠난간을 움켜쥐었다. 울컥 속에서 뜨거운 것이 솟구쳤다. 배에 타기 전 녹아 흘러내릴까 봐 허겁지겁 핥아먹었던 누가바의 바닐라 향이 역겨웠다.

4년 만의 귀향. 아버지는 4년 전 여름에 가족을 다 데리고 섬으로 들어왔었다. 피서 핑계를 댔지만 사실은 할아버지를 구슬러 가산을 정리하려는 속셈이었다. 한때는 서너 척의 배가 있었다지만 내가 태어났을 때는 작은 발동선 한 척이 전부였다. 할머니가 옥수수나 고추를 길러 뽑아 먹는 산 밑의 밭 몇 뙈기는

냄새가 났다. 꼬막무침에 체한 적이 있던 둘째는 배를 타지도 않았는데 벌써부터 얼굴이 노래져서는 엄마 등에 기대 서 있었다. 부두에는 온갖 부유물들이 둥둥 떠 있었다. 바닷물은 흘수선을 넘을 듯 다가왔다. 피서객들이 객실을 다 차지했다. 울긋불긋한 옷을 입은 피서객들 틈에 잠깐 육지에 일 보러 나왔던 섬사람들이 모로 누워 잠을 청했다. 바닷바람과 햇볕에 그을린 피부가 기름에 전 창호지 같았다. 여기저기서 피서객들의 짐이 툭툭 발에 차였다. 대학생으로 보이는 젊은이들은 갑판 위에서 기타를 치며 노래를 불렀다. 낡은 여객선에서는 질 낮은 벙커시유냄새가 났다. 선착장을 벗어난 배는 방파제 끝에 정박된 원양어선들 아래를 지나갔다. 컨테이너 박스들이 쌓인 항구를 벗어나자 멀리 오밀조밀 건물들이 들어선 부산이 보였다. 얼굴이 하얗게 질린 둘째는 배에 탄 순간부터 먹은 것을 질금대고 있었다. 곳곳에 뚜껑을 딴 분유 깡통들이 놓여 있었다. 둘째가 헛구역질을 할라치면 엄마는 재빨리 둘째의 턱밑에 분유 깡통을 들이댔다. 비닐 장판은 끈끈해서 살갗이 달라붙었다. 갑판 위로 올라갔다. 선미 쪽에 기름에 전 창호지 같은 낯빛의 촌부들이 배의 쇠난간을 붙들고 일렬로 서 있었다. 허리가 앞으로 꺾일 때마다 입에서 뿜어져 나온 토사물이 바다로 떨어졌다. 나는 갑

아버지는 밤 9시가 되자 가게 문을 닫았다. 함석판으로 된 문덮개를 번호대로 끼우자 출입구 쪽의 마지막 함석판에 몸을 굽히고 간신히 드나들 수 있는 쪽문이 생겼다. "아부지, 우리 저기로 나가봐도 돼요?" 절로나갈래대단히심심. 둘째가 선생님에게 질문하듯 아버지에게 물었다. 아버지가 고개를 끄덕였다. 그제야 우리는 진작부터 신기했던 쪽문을 들락거리면서 웃고 떠들었다. 함석판의 숫자들은 하나같이 페인트가 줄줄 흘러내린 채로 말라 있었다. 함석판 3 다음에는 곧바로 5가 이어졌다. 죽을 사 자와 동음이라 부러 4 자를 쓰지 않은 듯했다. 죽은 할머니가 생각났다. 어제까지만 해도 살아 있었을 할머니. 할머니도 4 자라면 끔찍히 싫어했다. 뱃사람의 아내에게는 금기 사항이 너무 많았다. 하지 않을 말을 입에 올리면 할머니는 땅에 대고 침을 세 번 뱉었다. 이젠 말할 수도 밥 먹을 수도 무엇보다도 아무에게나 욕을 내뱉고 어디 한번 해보자고 대거리를 할 수도 없다. 죽은 할머니. 그러자 같이 죽었을 할머니의 거기가 떠올랐다.

부두를 따라 크고 작은 배들이 묶여 있었다. 배들은 묶여서도 물결을 따라 흔들리고 있었다. 선착장에서는 상한 꼬막무침

니와 만나면 엄마는 늘 할아버지에 대해 물었다. 할아버지는 군인이었다. "어린 게 뭘 안다고 울다가도 아버지만 보면 울음을 딱 그쳤지." "모자만 쓰면 울어 젖히는 통에 네 아버진 네 앞에서 모자를 벗었어. 누구 앞에서도 안 벗는 모잔데." 엄마는 엉엉 울었다. 어떻게든 우리에겐 아버지에 대한 추억을 남겨주겠다는 듯 엄마는 아기처럼 발버둥질을 치고 있었다.

가게는 두 평 남짓한 방과 붙어 있고 방은 그 방의 반만 한 부엌으로 이어졌다. 부엌 문을 열면 바로 주인집 마당과 통했다. 부뚜막에는 하지감자 박스만 덜렁 놓여 있고 쌀이나 다른 양념 병은 보이지 않았다. 연탄을 때지 않는 아궁이에는 아버지가 마신 듯한 빈 소주병들이 거꾸로 박혀 수정 결정체처럼 삐죽빼죽 솟아 있었다. 엄마 말을 빌리자면 '미친년 궁둥이'만 한 부엌이었다. 여름 들어 내내 감자만 삶아 먹었는지 박스 안의 감자는 벌써 바닥을 보이고 있었다. 막내는 아버지가 손뼉을 치고 이름을 부를 때마다 울음을 터뜨리며 엄마 등에 매달렸다. 엄마가 궁둥이를 돌릴 수도 없는 부엌에서 막내를 업고 이른 저녁을 차리는 동안 우리는 데면데면 아버지와 점방에 앉아 있었다. 아버지가 낯선 건 우리도 마찬가지였다. 긴 방학이 끝나고 개학 첫날 마주친 담임 선생님 같았다.

버지를 다그쳤다. "아빠, 정말 왜 이래? 내가 무슨 잘못을 했어? 난 아빠랑 결혼해서 애 셋 낳은 죄밖에 없어. 그런데 나한테 왜 이래?" 애셋낳은죄난잘못없어. 갑자기 엄마 등에서 떨어져 사방을 두리번대던 막내가 바락바락 울어대기 시작했다. 엄마는 바닥에 털썩 주저앉았다. 하루 동안 참았던 무더위와 갈증과 피로감이 한꺼번에 밀려들었다. 엄마의 발에 챈 곤로가 기우뚱 기울면서 양은 냄비가 엎어졌다. 감자들이 데굴데굴 굴러 점방 여기저기로 흩어졌다. 아버지는 어리벙벙해서 이 모든 상황들을 꿈인 듯 내려다보고만 있었다. 아버지가 바라던 삶은 뽀얀 하지감자를 삶을 때의 고요함인지도 모른다. 감자의 아린 맛과 섞인 정백당을 맛보는 아주 짧은 시간의 단맛인지도 모른다. 흙투성이가 되어 뭉개진 감자들이 눈에 들어왔다. 평화는 깨졌다. 엄마는 떼쟁이 아이처럼 두 다리를 바동거리면서 울었다. "물어내. 다 물어내. 물어내란 말이야." 이러니좋아다때려치워. 아버지는 이참에 아이 버릇을 잡으려 매정한 체하는 아버지처럼 보고도 못 본 척 엄마에게서 고개를 돌려버렸다.

엄마는 한 번도 엄마의 아버지 앞에서 저렇게 울어본 적이 없었다. 아버지가 남겼다는 유품들을 안아도 보고 냄새도 맡아봤지만 아버지의 얼굴 대신 역삼각형의 도형만 그려졌다. 외할머이지 않았다. 점방 앞은 축대로 막혀 전망도 좋지 않았다. 새것 같은 양은 냄비는 밑바닥만 검게 그을려 있었다. 뚜껑을 들썩이며 김이 올랐다. 아버지는 조심조심 뚜껑을 열고 쇠젓가락 끝으로 감자를 쑤셔보았다. 미싱을 들어낸 듯한 구멍 뚫린 탁자 위에 정백당이 수북이 담긴 작은 접시가 놓여 있었다.

문소리가 나자 아버지는 문 쪽은 거들떠보지도 않고 건성으로 말했다. "빠리 의상실, 영업 안 합니다." 빠리의상실영업은그만. 분이 뽀얗게 오른 하지감자 하나를 막 쇠젓가락으로 들어올리는 아버지의 눈에 만족감이 가득했다. 감자 끝에 살짝 정백당을 묻히려는 순간 아버지의 눈이 점방에 들어선 엄마의 눈과 마주쳤다. 아버지는 쇠젓가락에 덴 듯 화들짝 놀라며 감자를 떨어뜨렸다. 엄마의 얼굴이 일그러졌다. 아이 셋과 함께 부산으로 다시 D시로 이어진 여정이 너무 힘겨워서 엄마는 자꾸 아랫입술을 꼭 물었다. 엄마가 아버지에게 득달같이 달려들며 소리쳤다. "아빠, 지금 제정신이야? 왜 지금 이 시간에 여기 있냐고?" 니가제정신이게말이돼? 그제야 상황을 파악한 아버지가 엉거주춤 일어섰다. "각중에 뭔 일이고?" 아버지가 떨어뜨린 하지감자가 엄마의 발에 밟혀 으깨졌다. 아버지는 넋이 나간 듯 중얼거렸다. "이기 뭔 일이고. 왜 하필 어무이고, 와?" 엄마는 아밖 풍경을 훑어보곤 했다. 어젯밤 바른 분은 땀이 흐른 자리를 따라 얼룩덜룩 골이 팼다. 골 속으로 기미가 낀 맨살이 보였다.

폭이 좁은 강이 D시를 양분하며 관통해 흐르고 있었다. 자동차 생산 공장의 유니폼을 입은 수십 명의 직원들이 한꺼번에 자전거 요령을 울리며 다리를 지나갔다. 담이 높아 집 안이 들여다보이지 않는 고급 주택가를 지났다. 한여름에도 대중목욕탕을 다녀오는지 샴푸와 비누 등속이 담긴 플라스틱 바구니를 든 아가씨 둘이 슬리퍼를 질질 끌며 지나갔다. 바구니에서 흐른 물이 점점이 그 뒤를 따라갔다. 마른 하천을 건넜다. 길 가던 사람에게 주소를 보여주었다. 우리가 지나친 길에 아버지의 집이 있었다.

빠리 의상실. 다른 곳보다 돌출된 쇼윈도 안에는 얼굴과 사지가 생략된 상반신 마네킹이 전라 상태로 놓여 있었다. 넓지 않은 점방은 이사 간 그대로 치우지 않았는지 실패와 천 조각들이 굴러다녔다. 가게 안쪽 의자에 앉아 있는 사람은 분명 아버지였다. 아버지는 곤로에 감자를 찌고 있었다. 보지 못한 반년 사이 깡말라 두 눈이 움푹 꺼져 있었다. 왜 텅 빈 의상실에 앉아 이 시간에 감자나 삶고 있는 건지 아버지 자신도 모르는 듯했다. 점방 어디에서도 마당 가득 분분히 날린다는 벚나무는 보난을 쳐?" 아따 우습네 왜 날 몰라줘. 말은 그렇게 했지만 엄마야말로 1년에도 두어 번 자식들의 목숨을 경각에 놨다 내려놨다 하는 인물이었다.

엄마는 다시 막내를 들쳐 업었다. 둘째를 앞서 걸리고, 뒤처지는 내게 빽 성질을 내면서 버스 터미널로 가 D시로 가는 버스를 탔다. 정오가 되자 해는 버스 천장 위에 떠서 버스를 양은 냄비처럼 달궈놓고 있었다. 창문은 다 열려 있었지만 바람 한 점 불지 않았다. 나무 이파리들은 정물화처럼 미동도 하지 않았다. 의자의 비닐 시트가 가장 먼저 뜨거워졌다. 시트와 닿은 맨살에 금방 땀이 고여 흘렀다. 물까지 데워 씻긴 공도 없이 동생들은 땟국이 좔좔 흘렀다. 터미널에서 사 먹인 복숭아 과즙이 얼굴에 끈끈하게 묻어 버스 안으로 날아든 파리가 자꾸 달려들었다. 그럴 때마다 엄마는 입을 앙다물고 파리를 쫓았다. 버스 뒤칸에 일렬로 앉은 우리는 목에 스프링을 댄 인형처럼 버스의 리듬에 맞춰 고개를 까딱거리며 D시로 가고 있었다. 애써 온 길을 다시 한 시간 반가량 뒤로 물리는 셈이었다. 등받이 위로 드러난 각양각색의 뒤통수들도 끄덕끄덕 움직였다. 엄마는 막내를 안고 졸다가도 버스가 돌을 밟고 튀거나 별안간 급정거를 해 고개가 끄으덕 떨어지면 어김없이 눈을 떠 새삼스럽다는 듯 창

지국밥집에서 요기를 했다. 둘째와 내가 국밥 그릇 하나에 머리통을 부딪히며 밥보다는 장난에 골몰할 때 엄마는 국밥 국물을 막내 입에 떠 넣을 뿐 자신은 한 숟가락도 입에 대지 않았다.

 여객선 터미널은 사람들로 부산했다. 엄마 손을 놓치고 겁에 질린 아이가 사방을 둘러보며 울었다. 행상들이 사람들 틈을 비집고 다니면서 목청을 높였다. 알아들을 수 없는 사투리들이 떠다녔다. 혹시 아버지가 우리를 알아보지 못할까 봐 우리는 개찰구 바로 앞에 선 채 쏟아지는 땡볕을 머리통으로 다 받아내고 있었다. 일곱 살인 둘째는 아버지처럼 생긴 남자의 뒷모습만 보면 "아빠다!" 하고 외쳤다. 처음 몇 번은 둘째 말에 이 남자 저 남자 뒤를 쫓았지만 나중에는 거들떠보지도 않게 되었다. 10시가 되자 울긋불긋한 옷을 입은 피서객들과 베 한복을 입은 촌부와 촌로들을 태운 여객선이 항구를 떠났다. 갈매기 떼가 일시에 날아올라 뱃전에 따라붙었다. 엄마는 재우쳐 물었다. "열시, 분명히 열 시라고 했냐?" 아버지는 이번 전보 또한 앞의 무수한 전보들처럼 엄마의 엄포라고 생각하고 그냥 넘겨버린 듯했다. 엄마는 내 대답은 기다리지도 않았다는 듯 칫, 혼자 웃었다. "칫, 사람 꼴 우습게 되는 거 한순간이네. 지 새끼 셋을 내 밑으로 빼놓고도 그렇게 날 몰라? 어떤 미친년이 사람 목숨 갖고 장

답을 그제야 할 수 있었다. "기예요." 정말? 여직원이 눈꼬리를 치켜떴다. 버선목이면뒤집어보여. "기예요. 긴데 왜 아니래요?"

꿈도 없는 짧은 잠에서 불현듯 깨어 둘러보면 여전히 밤이었다. 조도를 낮춘 객실은 어둑했다. 모두들 곯아떨어졌는지 의자 등받이 위로 보이는 뒤통수는 몇 되지 않았다. 등이 배길 때마다 자세를 바꿀 엄두도 내지 못한 채 둘째는 인상만 썼다. 고개를 돌리자 복도 건너 옆자리에 앉은 엄마의 얼굴이 들어왔다. 엄마는 자면서도 인상을 쓰고 있었다. 아버지 꿈을 꾸는 게 분명했다. 규칙적인 기차의 리듬감 때문인지 밤이면 깨서 울어대던 막내는 한 번도 깨지 않았다.

종착역인 부산역에 내렸을 때는 정녕 오지 않을 것 같던 아침이 밝아 있었다. 자기 키만 한 빗자루를 든 청소부가 잠에서 덜 깬 얼굴로 플랫폼의 쓰레기를 모으고 있었다. 무박이나 다름없는 밤기차에서의 하룻밤에 뒤통수가 납작 눌리거나 눈이 퉁퉁 부은 사람들이 와르르 출구로 몰렸다. 무엇에 배겼는지 왼쪽 견갑골이 아팠다. 엄마는 칭얼대는 막내를 업고 보폭이 좁은 둘째는 앞서 걸리고 가볍지만 부피가 큰 가방은 내게 들린 채 부산항으로 갔다. 아버지를 기다리는 동안 여객선 개찰구 앞의 돼마귀가 떠올랐다. 어쩌다 길 한복판에 나와 선 사마귀를 자전거 바퀴가 밟고 지나갔다. 사마귀는 배 아래쪽이 납작 눌렸다. 어찌어찌 겨우 일어선 사마귀는 성했던 방금 전의 모습대로 돌아가기 위해 낫처럼 생긴 앞다리를 들어 올리려 안간힘을 썼다. 또 누군가 밟고 지나갔다. 이번엔 아예 일어서지 못한 채 바닥에 납작 눌러 붙었다. 눌려 조금씩 죽어가면서도 사마귀는 서 있을 때처럼 앞다리를 낫처럼 세우려 눈에 띌 듯 말듯 움직였다. 그 포즈만이 진정 자신을 사마귀답게 한다는 듯, 엄마는 잊을 만하면 한 번씩 속뜻이 전달되지도 않을 전보를 쳤다.

언제부턴가 전보 창구의 여직원과 나 사이에는 말하지 않아도 통하는 것이 생겼다. 마구 지워지고 뭉개진 글자투성이의 쪽지를 창구 안으로 내밀었다. 전보 문구를 한눈에 훑어본 여직원의 눈꼬리가 살짝 올라갔다. 쪽지가 창구 밖으로 다시 밀려나왔다. 나는 틀린 답안지를 받아 오답을 고치는 심정으로 또박또박 글씨를 썼다. 그 모습이 흡족한 듯 쩝, 여직원은 입맛을 다셨다. 전문을 받아든 중년 사내는 D시를 향해 타전했다. 골똘히 부호를 보내고 있는 그의 옆모습이 쳐낼 말을 너무 쳐낸 아홉 글자의 전보문처럼 조금은 헐벗은 듯 보였다. 모친사망부산항내 열시. 나는 아까부터 여직원의 눈꼬리에 달려 있던 질문에 대한

주면 안 되겠느냐고 우겨댔으니 눈코입까지 조목조목 따져보았을 것이다. 신출내기 여직원은 호기심을 참지 못했다. "아이들 다 위독한 것 같은데, 넌 대체 누구니?" 마음 같아선 그 여직원 앞에서 고개를 처박고 딱 죽고 싶었다. 여직원은 무슨 사정인지 말 안 해도 다 알겠다는 듯 고개를 깊게 두어 번 끄덕이더니 선심 쓰듯 '하시오'를 '바람'으로 고쳐 열 자를 맞춰주었다. 창구 앞에 서 있으면 안쪽에 난 방이 들여다보였다. 머리가 귀밑까지 벗겨진 중년 사내가 앉아 이런저런 장비를 만지작거리면서 전보를 받거나 전보를 쳤다. 사내는 여직원이 건넨 쪽지를 받아 손가락으로 타전했다. 내용과는 다른 가볍고 날렵한 자음과 모음들이 뿔뿔이 날아가 D시의 우체국 수신부를 기준점으로 '헤쳐 모엿!' 하는 모습이 그려졌다.

아이들이 위독하다는 전보에도 불구하고 아버지는 상경하지 않았다. 대신 '때 이르게 핀 벚꽃 이파리들이 마당 가득 분분히 날렸소'로 시작되는 장문의 편지를 보내왔다. 편지를 읽을 때 엄마는 수줍어했다. 그래서 달콤한 문장들 사이에 숨은, 여유가 있으면 돈 좀 부쳐달라는 부탁에도 화내지 않았다. 달이 차고 기울듯 엄마의 심경도 차고 기울기를 반복했다. 매번 통하지 않을 것을 알면서도 전보를 쳐대는 엄마를 보면 언젠가 봤던 사고 없었다. 우체국으로 건너가지 못하도록 정말 육교가 없어졌으면, 바라던 때도 있었다. 어떤 전문이냐에 따라 육교는 짧게도 길게도 느껴졌다. 나는 육교를 건너가 엄마의 시끄러운 마음을 열 자로 요약해 전보를 치곤 했다.

우체국의 전보·전신환 창구의 여직원은 내가 우체국 문을 열고 들어설 때부터 단박에 날 알아보았다. 나는 왼쪽 뺨으로 여직원의 시선을 받아내면서 소포 끈을 묶고 우표를 붙이는 사람들 사이에 낀 채 전보 문구를 고쳤다. 우선 '할머니'는 '어머니'로 바꾸었다가 다시 '모친'으로 고쳤다. 최대한 줄이거나 뺄 수 있는 말은 빼야 했다. '오늘 새벽'도 지웠다. 할머니가 언제 돌아가셨는지는 내일 부산항에서 만나면 차차 알아지게 될 일이었다. 반년 가까이 만나지 못한 엄마와 아버지가 말문을 뗄 화제도 남겨둬야 했다. 요령부득인 것도 다 요령이 있었다. 쳐내고 쳐내니 딱 모친사망부산항낼열시,라는 문장이 가지치기한 정원수처럼 날씬하게 서 있었다.

우체국 여직원이 날 기억하는 것은 다 그럴 만한 이유가 있어서였다. 열한 살짜리 계집애가 혼자 와서 '아이들위독급상경하시오'라는 전보를 쳐달라고 했으니 은연중에 내 얼굴을 흘끔 보았을 것이다. 게다가 열한 자 글자를 바득바득 열 자 가격에 해머니의 역삼각형 얼굴을 받쳐주고 있었다. 흡사 박물관에서 보았던 빗살무늬토기와 그 받침대 같았다. 역시 인기척도 없이 나타난 나를 보고도 할머니는 마치 나를 기다리고 있었던 듯 움찔하지도 않았다. 나는 할머니의 두 다리가 만들어내는 예각에서 검고 축 늘어진 성깃성깃 털 몇 가닥 남지 않은 할머니의 거기를 다 보고 말았다. 할머니는 놀란 내 시선을 따라가 자기 것을 남의 것 들여다보듯 요모조모 뜯어보더니 낄낄 웃었다. "니 아배도 고모덜도 다 이 구녕에서 뽑았다 아이가." 그 뒤로 나는 할머니, 하면 악다구니를 쓰며 이웃집 여자와 머리끄덩이를 잡은 채 먼지 나는 길 위를 구르던 모습이나 물 좋은 생선을 받기 위해 고무 다라이를 들고 억척스럽게 어시장을 향해 뛰던 모습 다 제쳐놓고 제일 먼저 할머니의 거기가 떠올랐다. 할머니의 거기에서 아버지와 고모들이 국수 면발처럼 뽑아지고 있었다.

우체국은 버스 정거장 맞은편 대로, 인도와 인도가 만나는 모퉁이에 비스듬히 서 있었다. 얼마 전 그곳 앞을 지나다가 그 건물을 발견하고 소리를 질렀다. 30년이 지났는데 그 자리에 여전히 우체국인 채로 남아 있었다. 달라진 건 그땐 그 건물이 가장 컸었는데 지금은 고층 빌딩에 둘러싸여 가장 작은 건물이 되었단 것뿐이었다. 그 건물 앞으로 나 있던 육교는, 육교는 사라지 할머니, 하면 떠오르는 것이 아무것도 없었다. "결핍이라면 결핍이지." 언젠가 아버지가 말했다. 엄마가 옆에서 거들었다. "상처면 상처고." 엄만 일찍 아버지를 여의었다. 아버지, 하면 떠오르는 것이 아무것도 없었다. "할머니를 생각하면 시간 모자라 못 푼 마지막 문제 같애. 이십 점짜리 주관식 문제." 엄마가 무릎을 쳤다. "하, 그거 미치지, 미쳐." 그러다 엄마가 핏, 웃었다. "그 문제 답만 적어 냈으면 백 점 만점 받았을 거고?" 엄마와 아버지는 딱 10분이 문제였다. 10분까지는 서로 잘 맞았다. 엄마의 말처럼 마지막 한 문제의 답만 적어 냈더라면 아버지의 삶은 백 점 만점이었을까. 삼십대 중반에 교직을 그만둔 뒤로 아버지는 손대는 일마다 족족 낭패를 겪었다.

그런 면에서 보자면 우리 할머니는 너덧 번밖에는 만나지 못했지만 매번 강렬한 인상을 남겼다. 몇 장의 사진 속에서 가장 강렬한 것은 역시 그 모습이다. 시골 변소라는 것은 허술하기 짝이 없었다. 어른 송장이라도 묻을 만한 커다란 독을 땅에 묻고 그 위에 널빤지 두 개를 얹어 두었다. 들고나는 구멍 정도만 있을 뿐 걸쇠가 달린 문은 찾아볼 수도 없었다. 할머니는 인기척도 없이 그 널빤지 위에 앉아 있었다. 두 개의 널빤지 위에 고르게 힘을 분배하며 굽어 있는 청동빛 두 다리가 하관이 빤 할고 어깃장을 놓듯 전보를 쳤다. 엄마가 하고 싶은 말을 퍼붓듯 다 쏟아놓으면 그것이 몇 자건 간에 나는 그걸 열 자로 요약했다. 전보는 열 자까지 기본요금을 받았다. 엄마는 양념 묻은 '스댕 다라이'를 소리 나게 헹궈 수돗가에 비스듬히 엎어놓고 동생들 씻길 물을 '양은 바께쓰'에 받아 곤로에 안쳤다. 심지가 닳은 곤로는 쉽게 불이 붙지 않고 거무스레한 연기만 피웠다.

전보를 치려면 송수신기가 설치된 대형 우체국까지 가야 했다. 버스 의자에 앉아 엄마에게서 받아 적은 전문을 쓰윽 훑어보았다. 전보를 받을 아버지 입장에서 보자면 할머니란 호칭부터가 잘못이었다. 이상하게도 엄마들은 아이를 낳는 그 순간부터 모든 인척 관계를 아이의 입장에서 재정리해버린다. 급기야 언제부턴가 엄마는 남편을 "아빠"라고 부르기 시작했다. 영화도 한몫했다. 여주인공 역할의 엄앵란이란 배우가 남편 역을 맡은 남자 주인공을 배웅하면서 "아빠, 바이바이, 일찍 돌아오셔야 돼요"라고 콧소리를 한 것이 엄마들 사이에 유행처럼 번졌다. 엄마가 아버지를 아빠,라고 부르자 기다렸다는 듯이 아버지는 엄마를 "한나야" 하고 내 이름으로 부르기 시작했다.

아버지의 할머니는 어떤 사람이었을까. 아버지가 태어나기 한참 전에 할머니들은 이 세상 사람들이 아니었다. 아버지에게는

이 그래서 아직까지 효력을 발휘하던 때이기도 했다.

경부, 호남 고속도로의 개통으로 전국이 일일생활권 안으로 좁혀졌다지만 그때나 지금이나 심증적으로 그 섬은 내게 시차가 나는 타국처럼 멀었다. 섬에 다녀올 때마다 나는 2, 3일씩 시차 적응에 힘들어하는 여행자처럼 낮에 자고 새벽에 말똥말똥 깨어 있었다.

나는 살아생전의 할머니를 너덧 번밖에 보지 못했다. 고작 두어 번 할머니를 봤을 뿐인 둘째는 콧물이 흐르는 것처럼 몇 번 훌쩍이더니 금방 무슨 일이라도 있었냐는 듯 놀러 나갔다. "할머니 오늘 새벽 사망 부산항에서 내일 열 시에 만납시다." 신문지 한 귀퉁이에 엄마의 말을 받아 적었다. 손구구를 해보지 않아도 열 자가 넘었다. 아버지가 있는 D시에도 전화가 보급되기 시작했지만 아버지는 무슨 연유에선지 전화를 놓지 않았다. 전화는 쌍방향 통신 도구였다. 한마디로 우리 집 전화는 무용지물이었다. 나는 아버지와 할아버지의 관계가, 아버지와 엄마의 관계가 꼭 우리 집 전화 같다는 생각을 했다. 그래서 오랫동안 그 누구에게도 벨은 울리지 않았다.

엄마는 필요한 용건들이 있으면 아버지에게 종종 편지를 썼다. 편지를 쓰다 급작스레 부레가 끓어오르면 편지를 구겨 던지

느 날이었다.

 아차. 한참 손아래인 조카뻘 되는 사내지만 그래도 내외는 해야 되는 거 아닌가 하는 생각이 스쳤을 때, 그제야 이심전심 마음이 통한 집배원 청년은 두 귀까지 발갛게 얼굴이 달아올랐다. 엄마는 양념 묻은 손으로 전보를 받아 들었다. 모친금일새벽사망. 엄마는 간을 보듯 입맛을 다시고는 딱 두 마디만 했다. "각중에…… 복중에……" 느닷없는 할머니의 죽음에 대한 충격과 임종을 지키지 못한 안타까움이 '각중에', 푹푹 찌는 찜통 더위 속에서 치러야 할 초상 걱정이 '복중에'란 말에 담겨 있었다.

 동(洞)을 통틀어 한두 대 구경할까 말까 했던 백색 전화기 대신 보급형 검정 전화기가 네다섯 집에 한 대꼴로 개통되던 때였다. 그런데도 여전히 학기 초마다 학교에서 실시하던 가정환경 조사서에 피아노, 냉장고 항목 다음으로 전화기가 자리잡고 있던 때이기도 했다. 전화가 개통된 지 반년 가까이 지났지만 한 번도 전화벨이 울리지 않는 날이 허다했다. 그러니 육지의 끝에서 다시 배로 세 시간 남짓 들어가야 하는 섬에서 전화란 여전히 귀하디귀한 물건이었을 것이다. 바다에 공깃돌처럼 점점이 흩어진 섬들과 서울을 잇는 유일한 통신수단은 우편이었다. 다급한 소식은 전보로 오갔다. 무소식이 희소식이라는 고릿적 말

그해 여름 음력 7월 12일에 할머니가 죽었다. 전보가 왔을 때 엄마는 여름 배추로 김치를 담그던 중이었다. 전보는 때를 고르고 골라 꼭 이럴 때 온다며 엄마는 붉은 양념이 묻은 두 손을 내밀었다. 이크. 혹시라도 유니폼에 고추 양념이라도 튈까, 집배원 청년이 뒤로 물러섰다. 집배원은 엄마 몸을 훑으면서 손을 대신해 전보문을 끼울 만한 틈새를 찾았고 엄마는 어디 받아들 데가 없나 두 겨드랑이를 차례로 들썩거렸다가 다시 입을 조금 벌려보았다. 집배원이 엄마의 겨드랑이 쪽에 전보 쪽지를 내밀었지만 엄마는 턱을 치켜들며 입을 벌렸다. 에크. 이번에는 엄마가 겨드랑이를 벌렸지만 집배원은 엄마 입 쪽으로 손을 뻗었다. 이크. 마치 둘은 태껸이라도 하는 듯 보였다. 굼실굼실. 능청능청. 사람의 몸속에는 저마다의 사명감이라는 것이 있듯 리듬감이라는 것이 있다고 했다. 훗날 누군가에게서 이 말을 들었을 때 나는 그 순간을 떠올렸다. 그때 내 리듬은 톡톡토토독 톡톡토토독, 빠른 열 박자였다. 연일 30도를 넘는 무더위가 기승을 부리던, 양력 날짜는 잊었고 음력 날짜로만 기억되는 한여름 어

그 여름의 수사

하성란